転生したら巨乳美人だったので、悪女になってでも好きな人を誘惑します

～名ばかり婚約者の第一王子の執着溺愛は望んでませんっ！～

プロローグ

「反応が慣れていないね。これで本当にルイスを誘惑できるのかい？」

「問題ありませんし、エリオット殿下には関係ありませんっ！」

狭くはない馬車なのに、目の前の男性に腰に手を回されてぴたりと身体がくっつく。

その男性――エリオット・イグノアースは、深く開いたレベッカのドレスの胸元に許可なくキスをしてきた。そして、こちらを見上げて柔らかく微笑む。

突然の接触に、レベッカの心臓がばくばくと音を立てた。

イグノアース王国の王位継承権第一位であるエリオット・イグノアースは、金の髪を揺らして琥珀色の瞳《アンバーアイ》を細めた。いつも柔和な笑みを浮かべているが、今はこれまで見たことがないほど口角が上がっている。

「関係ないとはひどいな。僕たちは婚約者じゃないか」

「これまでそれらしい態度を取ったこともないではないですか。なのに、こんな、いきなり――」

「君が今すぐルイスを諦めるなら、もうやらないよ。そして、改めて一からゆっくりと関係を築いていこう。僕にとってもそれが一番良い」

エリオットがじっとレベッカを見上げた。確かに、公爵令嬢であるレベッカと第一王子エリオットは二年前に婚約している。だが、それは形ばかりで、仲良くしたことなど一度もない。それよりも、レベッカは第二王子であるルイスに心を寄せているのだ。

だからルイスを諦めるなんて、そんなことは――

「絶対に嫌です！」

「言ってくれるね。だったらさっきも言ったように、君の自由を見逃す代わりに、僕も好きにさせてもらう。とりあえず、君の婚約者が誰なのかをもっとはっきりさせようか」

ちくりとした痛みと甘い疼《うず》きが胸元に走った。

エリオットの唇が触れていたところに赤いキスマークがついている。そこを舐められると、背中にぞくりと何かが走った。こぼれた吐息は妙に熱っぽい。

「ほら、逃げないと痕が増えてしまうよ。いいのかい？」

「ダメで……す、ぅんっ」

柔らかい唇に肌をなぞられ、また新しい場所を吸われてしまう。逃げたい気持ちはあるが、腰に回された腕の力は思ったよりも強くて動けない。

甘さを含んだ刺激に身体と声が震えた。こんなことはやめさせなければと思うのに、エリオットに触れられているところが熱く疼《うず》いて、押し返そうとしても身体が思い通りにならない。

自分の屋敷に着くまでどのくらい時間がかかるのか考えようとしたが、肌を舐められた感覚に思考が散らされる。

「あ……ん、だめっ」

「レベッカは肌が白いから、赤い痕がよく似合うね」

エリオットが自《みずか》らつけた鬱血痕《うっけつこん》を舌でなぞる。その整った美しい顔と淫靡《いんび》な仕草のギャップに、レベッカはぞくりとした。

品行方正、清廉潔白――そんな言葉の似合う、優しい顔をした次代の国王候補筆頭だ。神の恩寵を得たかのごとく見目麗《みめうるわ》しく、温和な性格で、国民にも絶対的な支持を得ている完璧な人。

彼の興味は政治にのみ向いていて、レベッカは婚約者ではあったものの、これまで二人の間に甘い空気などというものは一切なかった。しょせん政略結婚だったので、この状況をありがたいと思っていた。

それなのに、なぜ突然こんなことを……

「……っ！」

エリオットの手が背中のリボンに触れる。そのままほどかれると思い、咄嗟《とっさ》にレベッカの腕が動いた。

パシンという軽い音は、レベッカがエリオットの頬を叩いたのではなく、手首を掴《つか》まれた音だ。

「危ないね。何をしようとしたの？」

余裕そうに微笑む彼に、一瞬言葉が詰まる。

それはこちらの台詞《せりふ》だ。馬車の外は人の行き交う街の道で、壁のすぐ向こうには御者もいる。この中は二人きりだとはいえ、こんな場所でドレスを脱がそうとするなんて。

いや、それではまるで場所さえ異なれば構わないようではないか。そうではないと、レベッカは自分に言い聞かせる。

人生をやり直すと決めたのだ。こんなことで邪魔をされてはかなわない。

小さく呼吸し、レベッカは肩に流れていた自《みずか》らの黒髪をゆっくりとはらった。そして、エリオットの琥珀色《アンバーアイ》の瞳をまっすぐ見つめて、真っ赤な唇で蠱惑的《こわくてき》に微笑む。

「わたくしたちは名だけの婚約者でしょう？」

一、名前だけの婚約者

空は抜けるように青く、風は暖かく気持ちが良い。短い冬が終わり、これからまた穏やかな季節がやって来ることを肌で感じられる日だ。王城の中庭には色とりどりの花が咲き誇っており、見る者の目を楽しませてくれる。

時刻はお昼を過ぎ、お茶を楽しむ頃合いだ。

周囲を腰までの高さの壁にぐるりと囲まれた、広い東屋《ガゼボ》。そこに備え付けられたテーブルには、心惹かれる焼き菓子とお茶が準備されていた。

「この苺《いちご》のタルトは、今王都で一番人気なんですのよ」

「そうか」

「是非ルイス殿下にも味わっていただきたくて、準備させましたの」

白く細い指先を真っ赤なネイルが彩っている。レベッカはそっと摘《つま》んだ小さなタルトを、相手の形の良い唇へと運んだ。

「食べてみてくださる？」

ぴたりと寄り添うように腰を下ろしているのは、イグノアース王国の第二王子であるルイスだ。

今年二十歳になる彼の銀の髪は、日の光を受けて透けるほどに輝いている。はっきりとした目鼻立ちだが、緩《ゆる》やかな印象を受ける琥珀色《アンバーアイ》の瞳が美しい。

レベッカはまっすぐに見つめられて胸がドキリと高鳴った。細い手首を掴《つか》まれてより一層心臓が跳ねたが、どうにか顔に出さないように気を付ける。

ルイスはほんの少しの逡巡《しゅんじゅん》のあと、レベッカの手首に触れたままばくりとタルトを口にした。

「美味《おい》しいでしょう？」

「まぁ、悪くはないな」

「あら、手厳しいですわね」

クスクスと笑って余裕そうに振る舞うが、レベッカの心臓はうるさく鳴り響いたままだ。だが、それも仕方がない――想い人であるルイスの手が触れているのだから。

しかしすぐにするりと離されてしまい、慌ててその手を追った。

「でしたらもっと美味《おい》しいものもあるのですけれど、そちらもいかがでしょうか？」

そう言ってレベッカは、ルイスの手のひらを自分の胸に導く。胸元が深く開いたドレスからこぼれんばかりの柔らかい丸みが、押し付けたルイスの手によってむにゅりと形を変えた。自分でやっておきながら、恥ずかしさのあまり思わず声が出てしまいそうになるのをどうにかこらえる。

ルイスの目が驚いたように丸くなった。

「レベッカ――」

「王都一番のタルトよりもオススメですの」

「……エリオットはどうした？」

「あら」

確かに、第一王子のエリオットと公爵令嬢であるレベッカは婚約している。だが、そんなことは関係ないと言うように、長いまつ毛に縁取られたレベッカの瞳が妖艶に細められた。

「婚約者だなんて名前だけであること、ルイス殿下もご存じでしょう？　別にわたくしが誰と何をしようと、エリオット殿下は気にもかけませんわ」

二人の関係が希薄なことは、名のある貴族であれば誰もが知っているだろう。それには王位継承が関わっている。

イグノアース王国は大陸内でも屈指の大国だ。近隣の国とは表面上は良好な関係を築いているが、エリオットとルイスの父親である現国王クリフォード・イグノアースの治世となってからはキナくさい話が出ている。血によって受け継がれる絶対的な権力があるゆえに、表立って口にする者はいないが、決断力に欠ける国王の頼りなさは政治の中枢にいる者であれば感じていること。現在この国は、宰相であるレベッカの父、ウォルター公爵によって成り立っていることも。

しかしエリオットは国王には似ず、十代の半ばから政治に関わり結果を出しているという。立太子こそしていないが、彼が王位を継げば国はこれまでになく安定し発展するだろうとの見方も強い。

そんな背景があり、次期国王候補のエリオットと、宰相の娘であるレベッカの婚約が結ばれた。

否が応でも注目される二人ではあるものの、これまでレベッカが登城したのは婚約披露パーティーの時だけだったし、エリオットが王都にあるウォルター公爵邸に赴《おもむ》いたこともない。

婚約した当時、エリオットは今のルイスと同じ二十歳で、レベッカは十六歳。それから二年は経つが、顔を合わせて会話をした回数は片手で足りる。手紙のやり取りの頻度も同じようなものだ。

貴族であれば政略結婚は当然だが、ここまで互いに歩み寄りの意思がなく、取り繕《つくろ》おうという気もないのは珍しいだろう。エリオットもレベッカも互いに興味がないのは一部の者には周知の事実なのだ。

レベッカは衣擦《きぬず》れの音を立て、ルイスに密着するように近寄って耳元で囁《ささや》く。

「わたくしのこの身体に魅力を感じませんこと？」

「……婚約者のいる身でこんなことをするとは、婚約を破棄されても文句は言えないな」

「わたくしの心配をしてくださいますの？　ルイス殿下はお優しいですわね。けれど問題ありませんわ、わたくしはこの国の宰相の娘ですのよ」

ウォルター公の発言力は強く、王族も無視できないだけでなく、国王に直接意見を言うことのできる唯一の人間だと言ってもいい。今は亡き妻の遺した一人娘のレベッカのことを、彼はとても愛している。目に入れても痛くない娘のお願いならば、どんなわがままであっても聞いてくれるだろう。

レベッカは自分でできる限りの色気を意識して微笑んだ。

「ですから、今ここでルイス殿下とわたくしが何をしようと、咎める者はおりませんわ」

誘惑するように上目遣いで見上げる。このまま乗り気になってくれたら、と期待をかけて。

すると、テーブルに肘をついたルイスが小さく息をついた。

「……レベッカ・ウォルターがまさかこんな女性だったとはな」

「悪い女はお嫌い？」

レベッカをじっと見下ろしたあと、ルイスの唇が開いたその瞬間。

「ルイス殿下、申し訳ございません！」

空気を壊すような声の方を見れば、ガゼボの外に兵士が立っていた。

「カンデラ王妃殿下がお呼びでございます！」

「ふーん、それは無視するわけにはいかないな」

直立不動の兵士からの報告に、引き止める間もなくルイスが立ち上がる。レベッカを見下ろす瞳は素っ気ない。

「それじゃあな、レベッカ」

「あ……ルイス殿下っ」

それだけ言って、ルイスはガゼボを出て行く。広い中庭に残されたのは、その背を追うように立ち上がったレベッカ一人だ。余韻も何もない立ち去り方に、自分と彼との距離感を突き付けられる。

しかし当たり前といえば当たり前。彼にとってレベッカは、兄であるエリオットの婚約者というだけの存在なのだから。

やはり正攻法ではなく、既成事実を作るしかないだろう。それにしても……

「焦りすぎたかな」

はぁ、と大きなため息をつきながら、レベッカはだらりと椅子に座った。

先ほどまでは背筋を伸ばして指先の動きにまで気を使っていたが、誰もいないとなれば話は別だ。

それに、緊張の糸が切れたようで、今はそんなことをやっている気力もなかった。

とはいえ、このまま落ち込んでいるわけにはいかない。たった一度上手くいかなかっただけではないか。

「何を焦りすぎたんだい？」

誰もいないはずの中庭で、突然聞こえた男性の声。

慌てて振り向いた先には、ガゼボの壁をひらりと乗り越えるエリオットがいた。

「エリオット殿下……どうしてここに？」

今一番会いたくない人物に、思わず声が引きつる。

「いつも自分の屋敷に閉じこもっている君が、一人で王城に来た。しかも訪問する相手が父親であるウォルター公でも婚約者である僕でもなく、ルイスだ。報告が来るのは当然ではないかな」

エリオットが首を傾けると、午後の日差しを柔らかく受けて金の髪がキラキラと輝く。ルイスと同じ琥珀色《アンバーアイ》の瞳もだ。彼は弟よりも頭一つ分は高い身長と長い足でテーブルまで寄ってくると、レベッカの隣に座った。

親しみやすくて緩《ゆる》い雰囲気のルイスとは対照的に、エリオットは彫刻じみた美しさで非の打ち所のないように見える。

社交界では年頃の令嬢の熱い視線を集め、婚約が公表された時には悲しみの悲鳴が王都に響き渡ったらしいと、メイドが噂しているのを聞いたことがある。

人目を引く男性であることは分かるが、隙がなさすぎて近寄りがたいと思うのはレベッカだけだろうか。

「それで、何を焦りすぎたのかな？」

まっすぐに問われて言葉に詰まった。

婚約者のいる身でありながらルイスを好きになり、誘惑して既成事実を作ろうとした。そしてそれを理由にエリオットとの婚約を破棄し、ルイスと婚約し直そうと企《たくら》んでいる――など正直に伝えられるはずがない。

何も言えないレベッカの顔をじっと見ていたエリオットだったが、ふいにクスクスと笑いだす。

「……あの、エリオット殿下？」

小さく肩を震わせるエリオットを、レベッカはただぽかんと眺めた。

数回しか会ったことのない相手だが、エリオットは優しく微笑んでいても、まとう空気がどこか張り詰めている。

ルイスよりも透き通った琥珀色の瞳《アンバーアイ》が、レベッカのそれと絡む。笑うとこんなにも柔らかい空気になるのだと初めて知った。

「ごめんね、レベッカ嬢がこんなにも可愛い女性だなんて知らなかったから」

「か……可愛い？」

思ってもみなかった言葉に、思わず素で反応してしまう。

レベッカは目尻が吊り上がっており、ぱっと見キツい印象に見える顔立ちだ。美人だと言ってくれる人は多いだろうが、「可愛い」などと誰かに言われる日が来るとは思わなかった。

「可愛いよ、とても可愛い。それに興味が湧いたな」

「興味、ですの？」

不意にエリオットに手を取られる。どうしたのかと見つめていると、手の甲に形の良い唇が触れて、ちゅっと音を立てた。

「少なくとも突然の変化が気になるくらいには、レベッカ嬢のことを知りたいと思ったよ」

そんなものは求めていないのだが……じわりとレベッカの背中に変な汗が浮かんだものの、もちろん口には出せなかった。

◇◇◇

起きたくない。もうこのままひたすらじっとしていながら、世の中が自分の思う通りになればいいのに。そんなことが実際にあるはずなどないが、レベッカは自室のベッドで枕を抱えて悶々《もんもん》としていた。

天蓋《てんがい》付きのベッドの紗《しゃ》とカーテンを開けて、お付きの侍女が朝の光を部屋に取り入れる。

「アンナ、眩《まぶ》しい」

「もう朝ですよ、レベッカ様。きちんと起きてくださいませ」

「分かっているけれど……」

レベッカはうだうだと未練がましく枕を抱えてベッドの上で転がり、アンナに背を向ける。

今年十八歳になったレベッカと一歳しか変わらないアンナは、テキパキとすべての窓のカーテンを開け放つと、腰に手を当ててベッドサイドに仁王立ちした。

「うじうじと悩むくらいなら、『悪女になる！』なんてことはおやめください」

母を早くに亡くしたレベッカにとって、乳母だったアンナの母が母親代わりだった。アンナもレベッカを妹のように可愛がってくれて、いつも一緒に遊んでいた。誰よりも長く近くにいたアンナは、今はレベッカ付きの侍女をしている。

アンナの言葉に、レベッカは勢いよく振り向いた。

「そんなわけにはいかないでしょっ」

「でしたら、しゃんと背筋を伸ばしてください。枕を抱えて転がっている悪女なんて見たことありませんよ」

「うう」

しぶしぶと身体を起こして、形の変わってしまった枕を撫でて整えベッドに置く。

そして、ため息を呑み込み、気を取り直してアンナに向かって微笑んだ。

「今日も悪女らしく頑張ろう」

促《うなが》されるままに身支度を整えると、レベッカは鏡台の前に腰を下ろす。

「どうにかエリオット殿下にバレずに、ルイス殿下に会う方法はないかしら？」

「難しいのではないでしょうか。公爵令嬢のレベッカ様が王宮へ顔を出せば、婚約者であるエリオット殿下に連絡が行ってしまうでしょうし」

鏡の中で、アンナはレベッカの髪をブラシで丁寧に梳《と》かしながら言う。

ほんのりと香油を揉みこまれた黒髪は艶々《つやつや》と輝いており、腰まで届くほどに長いものの枝毛は一本もない。寝起きの顔も、見ている間にアンナの手により完璧に化粧が施《ほどこ》された。光を弾く肌に薔《ば》薇《ら》色の唇、アイラインの引かれた目尻はきりっとしており、口元には艶《なま》めかしいほくろが一つ。

黙っていれば十八歳とは思えないほどの色気と妙な迫力があるが、今は残念にもへにゃりと眉が下がっていて締まりのない顔をしている。

「それはそうかもしれないけれど、そこをどうにか」

「それこそレベッカ様の『前世の記憶』とやらで、どうにかならないのですか？」

「そんなに都合のいいものではないの」

レベッカは困ったように嘆いた。

レベッカ・ウォルターが『前世』と言われるものを思い出したのは、わずか一か月前のことだ。

それはエリオットの弟である、第二王子ルイス・イグノアースの婚約者候補が決まったという話を父から聞いた瞬間だった。ショックを受けたレベッカの頭の中にある声が響いたのだ。

『あたしね、彼と結婚することになったの』

少し高くて甘えたような響き。小さくて可愛く、男なら誰でも守ってあげたくなってしまうようなその女性は、レベッカの前世での友達だった。

地味な自分とは高校の同級生という共通点しかなく、なぜ仲良くしてくれるのだろうとずっと疑問に思っていた。その謎が解けたのは社会人になってからだ。喫茶店に呼び出され、前触れもなく結婚報告を聞かされた。

『彼』というのは自分の幼馴染《おさななじみ》。

格好よくて優しく、ずっと一緒にいてくれた人だった。彼のことを好きになるのは当たり前の流れだっただろう。大人しくて地味な自分を何かと気にかけ、いつも近くにいてくれて、好きにならない方が難しい。

頭を押さえたいのをどうにか我慢し、コーヒーを一口すする。

『付き合うとかじゃなくて、いきなり結婚なの？』

『だってね、すぐにお腹が大きくなっちゃうから』

『……え？』

『彼の子供がお腹にいるんだ』

彼女がこちらを見て、一瞬だったが間違いなく勝ち誇った笑みを浮かべる。すぐにまた何事もなかったように幸せそうにお腹を撫でるその姿に、頭が真っ白になった。

目の前のこの子は自分ではなく、近くにいた彼が目当てだったのか。そして彼も結局は可愛い子が好きだった——

明るいカフェにいるはずが、目に映る景色が徐々に色を失くす。耳に入ってくる周囲の雑談がガンガンと脳内に響く。

二人がいつの間にかそんな関係になっていたなんて気が付かなかった。幼い頃から共に育ち社会人になっても頻繁に会っていた彼が、自分の知っている子を特別に想うようになり、子供ができるほどに仲を深めていた。今まで想像すらしたことのなかった現実を突き付けられる。

それからのことはよく覚えていない。こんな思いをするのなら、せめて自分の気持ちだけでも伝えておけば、もしかしたら何かが変わっていたのかもしれない。ふらふらと歩きながら涙を流し、強く思った。

脳裏に強烈に焼き付いているのはその時の後悔と、トラックのクラクションとブレーキ音。そして眩《まぶ》しすぎるヘッドライト。

前世でのレベッカの人生は惨めにも、好きな人に思いを告げることもできずに終わったのだ。

「レベッカお嬢様？」

「ああ……ごめんね、アンナ。前世のことを考えてぼんやりしていたの」

「申し訳ありません。嫌なことを思い出させてしまって」

謝罪するアンナに対して、気にしないで、と首を横に振る。

「もちろん楽しい記憶ではないけれど、その経験があるから今度は絶対に後悔したくないと思えるの」

イグノアース王国の公爵令嬢として生きてきたレベッカは、前世と同じような性格だった。母が小さい頃に亡くなり、話せる相手は父を除けば数人だけ。内向的で自己主張が苦手で、人付き合いも下手だった。

そのためエリオットと婚約したあとにルイスのことを好きになった時も、何も言えなかった。

けれど前世を思い出し、レベッカは決意したのだ。

同じ後悔は絶対にしない。『告白すればよかった』なんて思いながら泣いたりしない。

何をしてでも、たとえ他人を蹴落としたり卑怯で汚い手段を使ってでも、自分の思いを貫《つらぬ》く。悪女になってでも、今度こそ好きな人と――ルイスと結婚するのだ。

鏡の中のレベッカが赤い唇の端を上げてにこりと微笑む。先ほどまでの情けなさを消し去り、色香と自信をまとわせて。

「レベッカお嬢様はそういう表情をしていた方が、見ていて気持ちいいですね」

「ありがとう。せっかくこんな美人になれたんだもの、きちんと有効活用しなくちゃ」

公爵令嬢として生まれて育てられたが、記憶が戻る前のレベッカはこの顔が嫌いだった。目つきの悪さでいつも不機嫌なのだと誤解され、可愛げがないと陰で言われてきたから。

しかし前世の自分を思えば、今の吊り上がった目元は意志の強そうな印象を受けるだけ。逆におどおどしているのはもったいなく思える。何よりも、すべてのパーツの形もバランスも完璧で、誰しもが目を引かれるような美人なのだ。背中を丸めて隠れるように生きていく理由はどこにもない。

今度こそ自分のしたいようにやるのだと、改めて決意する。

とはいえ……

「まさかエリオット殿下に目を付けられるなんて」

レベッカはがくりと肩を落とした。アンナに髪を結ってもらっていなければそのまま頭を抱えていただろう。

ルイスに会いに王宮に行ってからの二日間、ずっとそのことが気にかかって仕方がなかった。未だに手の甲には、あの時に触れられた唇の柔らかさが残っている。

「エリオット殿下は、私がどこで何をしていても気にしないと思っていたのに」

この二年間ずっとそうだったというのに、なぜこんなことになってしまったのか。興味を持ってもらえるのなら、エリオットではなくルイスがよかったと考えるのは失礼だろうが、紛れもない本音だ。

エリオットの真意が分からない。今まで散々放置していたにもかかわらず、突然自分に興味が湧いたと言っていたのは何だったのだろう。考えても答えが見つかるわけではないと分かっていても、頭の中でぐるぐると回ってしまう。

「でも悪女になると決めたからには、たとえ婚約者の前でだろうと気にせずアプローチするくらいでないと駄目よね？」

「そうですね。むしろ見せつけるくらいはしてもいいかもしれません」

「そ、そうよね」

アンナの返事に、レベッカはごくりと唾を呑み込む。男性経験などまるでないためハードルが高いが、ジャンプをしなくては前には進めない。

ふと、エリオットとの婚約披露パーティーの日を思い出す。

レベッカの意思など関係なく決められた婚約。もちろん貴族の家に生まれたからには、個人の気持ちより政略が優先されるのは当然のことだ。それは小さな頃から覚悟していた。

パーティーの当日は、絶え間なく挨拶《あいさつ》に来るたくさんの人に目眩《めまい》がした。

次期国王と言われるエリオットと婚約すれば、レベッカは王妃となる可能性が高いが、内気な自分がそんな重責に耐えられる気がしない。こんなにも素晴らしい人物の横に並ぶ女性として不釣り合いだと、言葉を交わす皆がレベッカを値踏みしているに違いない。

レベッカはウォルター公爵家の一人娘だ。いつか家を継いでくれるような婿を取るものだと思っていた。パーティーには出るだけでいいからと父に頼まれていたが、思いもよらない展開に精神が限界を迎え、挨拶《あいさつ》が途切れた瞬間、レベッカはその場から逃げ出してしまった。

きらびやかで賑やかなホールとは正反対に、足を踏み入れた中庭はしんと静まり返っている。

『今日の主役が何をやってるんだ？』

『……ひっ』

月明かりも届かないガゼボのベンチにだらりと寝そべっていたのは、ルイスだった。暗かったのですぐに気付けなかったけれど、目を凝らすと銀の髪が見える。

『す、少し外の空気を吸いに来たのですが……あの、ルイス殿下はどうしてこのようなところに？』

力を抜いている様子からは、レベッカのように少しだけパーティーを離れたという気配はない。ルイスは大きな欠伸《あくび》をして、パーティー会場から持ってきたらしいぶどう酒のグラスを呷《あお》った。

『エリオットの婚約披露パーティーなんか真面目に参加してられるかよ、バカらしい』

一人になりたくて抜け出してきたのに、まさか弟王子がいるとは思わなかった。どこか別の場所に行きたいけれど、見つかってしまった手前、許可なくこの場を離れることはできない。無視するわけにもいかないが、なんて返事をすればいいのかも分からなくて、レベッカは途方に暮れた。

さっきまでは、エリオットが会話していたので、レベッカは挨拶《あいさつ》をするだけで済んでいたのに。

思わず立ち尽くしていると、ルイスがむくりと身体を起こした。

『そんなとこに突っ立ってるくらいなら座るか？』

『……はい。ありがとうございます』

本当は立ち去りたかったが、促《うなが》されると断ることなどできない。レベッカは、ルイスが空けてくれた空間におずおずと腰を下ろす。

『お前も災難だったな』

『……え？』

『エリオットとの婚約なんて、貧乏くじ以外の何物でもないだろう』

ぶどう酒のグラスを揺らして、またその中身を喉に流す横顔をレベッカは見上げる。

エリオットは完璧だと誰もが口を揃えて言う。有能で人当たりも良く次代の国王に相応《ふさわ》しい。レベッカ様は幸せですわね、と。だから災難や貧乏くじなどと表現する人は初めてだった。

ルイスがレベッカを横目で見てため息をついた。

『お前は、どう見ても人の上に立ちたいというガラじゃなさそうだ』

『……っ』

『親しい人とだけ交流を持って静かに暮らすのが幸せだと顔に書いてある。だがエリオットと結婚すればそうはいかない。アイツは順当に行けば国王になるからな』

父はこの婚約パーティーさえ頑張れば、あとは今までと変わりない生活を送っていいと言っていた。今後も重要な式典だけ顔を出せばそれでいいと。

けれどそんなわけにはいかないことくらい、レベッカにも想像はできる。結婚してエリオットが即位したあとに王妃がいつまでも実家で過ごしているなど、いくら父が良いと言ってくれてもエリオットは許してくれないだろう。

『結婚したくない』などとレベッカの立場でわがままを言えるはずもなく、重い気持ちのまま現実から目を逸らすことしかできなかった。

『相手が俺だったら良かったのにな』

『ルイス……殿下？』

『俺なら気楽な第二王子って身分だから、お前が表に出ることがなくても受け入れられただろうよ』

それはルイスにとっては何気ない、その場限りの大した意味も持たない仮定話だったのだろう。しかし、レベッカにとっては衝撃だった。

家族や使用人など小さな頃から一緒にいた人たち以外に、自分を理解してもらえたと思ったのは初めてだ。

それ以来、ルイスはレベッカにとって特別な人になった。婚約者がいても想うことは止められない。しかし自分からルイスに話し掛けることはできず、胸に秘めていただけの想いだったが。

それから二年が経ち、レベッカは突然前世を思い出した。その時には少なからず混乱し、気分が塞いで寝込んだ。前世の死の直前の後悔もよみがえってしまったせいだ。

だが膨大な情報や感情は次第に消化され、数日で混乱も落ち着くと、前世での記憶は思い出の一つになった。そうしてベッドから起き上がり決意したのだ。このまま諦めては同じことの繰り返し。前世での経験を今世で生かすチャンスを与えられたのだと。そうこぶしを握り締めたまでは良かったのだが……

どうしてこのようなタイミングでエリオットに目を付けられてしまったのか。予想もしなかった障害にレベッカお嬢様、エリオット・イグノアース殿下がいらっしゃいました。お嬢様にお会いになりたいとのことです」

「……はい？」

扉をノックされ使用人から伝えられた内容に、レベッカは思わず間の抜けた声を出した。そしてアンナと顔を見合わせる。

「逃げるわけにはいかないわよね」

「当然です」

そうアンナに断言されてしまい、渋々と客間へ向かった。意匠《いしょう》の施《ほどこ》された扉の前で深呼吸をし、両手を握り締めて自分に言い聞かせる。

大丈夫、私は悪女なんだから。相手が婚約者だからと怯《ひる》んでいたら、本物の悪女になれるはずがない。

「よし」

つい先ほど改めたばかりの決意をもって気合を入れると、アンナがノックをする。中からの返事にアンナと一瞬視線を交わし、頷いて扉を開けてもらった。

ウォルター公爵家は、イグノアース王国において王家に次ぐ力がある。

それは王都に構えたこの屋敷にも如実に表れており、前世ではテレビやドラマでしか見たことのないほど広い部屋がたくさんある。調度品も職人により一つ一つに素晴らしい細工が施《ほどこ》されていて、高級品であることが見て取れる。

客間は中庭を見下ろせるような造りで、一面がすべてガラス張りになっている。今日のような天気の良い日にはまるでサロンのように光が降り注ぐのだ。

窓から庭園を見下ろしていたらしいエリオットが、その光に照らされ金の髪を輝かせながら振り向く。背筋が伸びてすらりとした体躯《たいく》。指先までが芸術品かのように完璧な形で動いている。人好きのするような笑みを口元に浮かべていて、視線が合うと目元がふわりと優しげに細められた。

挨拶《あいさつ》の言葉を一瞬忘れた。

改めて見るととても顔が整っている。いや顔だけではなく身体も、動きも何もかも。

神が作り上げた至高の存在のようだ。

これまでは自《みずか》らの内気さもあってまっすぐに彼の顔を見たことがなかったため、気付けなかった。

「レベッカ嬢？」

「あ……」

穏やかな笑顔で首を傾げたエリオットの様子から、つい不自然なほどじっと見つめてしまっていたことに気付く。

レベッカは慌ててスカートを摘《つま》んで優雅な礼をとる。

「それで、本日はどのようなご用事ですの？」

挨拶《あいさつ》のあとにすぐに切り込んだのは、早く用事を済ませて帰ってほしいからだ。

レベッカも笑顔の仮面を貼り付けて問えば、エリオットはさらりと髪を揺らしながらソファに腰を下ろす。

「レベッカ嬢に会いに来ただけなのだけれど、いけなかったかい？」

「どうして突然そのようなことを？」

一昨日までは何か月かに一度、お互いに当たり障《さわ》りのない手紙を出すだけの仲だったというのに。それはまさに「婚約者」という体面を保つためだけのやり取りだ。

実際に顔を合わせたのも一年以上前で、二人きりでとなるとそんな機会があったかどうかさえ定かではない。もちろん、レベッカに会いになどという理由で家に来たのは初めてだ。

それはエリオットが忙しいからだというのは理解している。正式に立太子こそしていないものの、王位継承権第一位である彼はすでに政治に関わっている。国王はもう国政のほとんどの権限をエリオットに与えているという噂すらあるほどだ。

そのせいで、というよりもそのおかげで、二人の結婚は延期されている。エリオットの立太子が先か、それとも結婚が先か、という話も宙に浮いた状態だった。

「今までないがしろにしていたことは謝罪しよう。その上で、君のことを深く知りたくなったのだと、そう言っただろう?」

「エリオット殿下からの関心なんて、わたくしは不要ですの」

レベッカとしては、ないがしろにしてくれていて助かった。結婚していたら、どうあがいてもルイスと一緒になることはできない。いくらレベッカに甘い父であっても不貞は許さないだろう。

イグノアース王国では婚前の性的な接触は表向き禁止されているが、近年ではかなり緩和されている。若い者同士が愛を確かめ合うことは決して珍しくない。

しかし不特定多数との奔放な行為は禁じられているため、身体の関係を持つということは結婚を誓い合っているという意味に取られる。

普通であれば、王族相手に婚約解消などできはしない。しかし父がレベッカのことを溺愛していることと、ウォルター公爵の発言力の強さをもってすれば、ルイスとの再婚約も可能だろう。既成事実があればなおのこと良い。

前世の記憶が戻るのがエリオットとの婚約前であれば、また違った展開になっていたかもしれないが、今更そんなことを言っても仕方がない。婚前交渉もなく、結婚まで至っていなかったことを喜ぶべきなのだ。

つまり今レベッカが会いたいのはルイスで、エリオットに割く時間はない。それに、エリオットは何を考えているのか全然分からないので油断ならない。万が一、ルイスよりも前にエリオットと身体の関係を持ってしまったら、それこそ結婚したのと変わりなくなってしまうのだから。

メイドが淹れたお茶を優雅な動きで口にするエリオットに、負けじとレベッカも微笑んだ。気力で圧されるわけにはいかない。私が目指しているのは悪女なんだから、と自分に言い聞かせる。

ほんの短い間、二人の視線が絡んだ。静かな琥珀色の瞳《アンバーアイ》に心の中までをも見透かされそうで、レベッカは震えそうになる身体を抑えて、対面のソファに座る。

不意に笑みを深くしたエリオットが、カップを置いて立ち上がった。

「レベッカ嬢は観劇に興味はあるかい？」

「え？　……それはもちろん」

前世と違いテレビや映画のないこの国で、観劇は数少ない娯楽の一つだ。

しかも王都にある劇場の舞台に立つのは最高峰の演者たちばかりで、どの演目も評価がとても高い。前世では舞台にそこまで関心はなかったが、今世は違う。観劇に興味のない令嬢は王都にはいないだろう。

しかしそれが一体なんだというのか。目の前に突然差し出された手を、レベッカは瞬《まばた》きをして見つめた。

「それなら、今日は観劇に行くのはどうかな？」

誘いに乗る理由はない。レベッカは断ろうと口を開いたが、ふと止まる。

「……今上演しているのは、『薔薇《ばら》の花咲くその場所は――』ですわよね？」

「もちろん」

「そのような嘘でわたくしを釣ろうとしても無駄ですわ」

「嘘とはひどいな」

つんとそっぽを向いたレベッカに、軽やかな笑い声が返される。

それは歴代の舞台の中でも特に人気のある公演だ。評判を聞き見に行きたいと思ったが、情報を掴《つか》むのが遅かったのでレベッカは席を押さえることができなかった。突然の思いつきで観たいと思っても、そんな簡単にはいかないのだ。

「連日満員で席に空きなどないことをご存じないのですか？」

「レベッカの言っているのは貴族専用の席のことだろう？」

「ええ」

王都の劇場には市民が観る席とは別に、貴族専用の席がある。もちろん良い場所を提供するという理由だが、警備がしやすいという一面もある。どちらにしろ、貴族席も今から確保するのは難しいのだが。

しかし、エリオットは余裕のある態度を崩さない。

「どのように鑑賞するおつもりですの？」

「誘いに応じてくれるのなら教えてあげるよ。どうする？」

ぐっと言葉に詰まった。一度は諦めた公演を、もしかしたら見ることができるかもしれないという誘惑に心が揺れる。

「け……検討してみますわ」

「考えている間に公演が終了してしまうよ」

確かに、人気がゆえに何度も上演を延長しているが、そろそろ終了するという話を耳にしている。

エリオットは、まるでレベッカが断ることなどありえないといった様子だ。

彼と過ごす時間など必要ないはずなのに……甘い誘いにレベッカが勝つことはできなかった。

前世と違い、印刷技術のないこの国がとても残念で仕方ない。パンフレットがあったのなら絶対に買っただろう。

「楽しめたみたいだね」

「はい、とても」

馬車の中でレベッカは頷いた。

本当に観ることができるのかと直前まで疑っていたのだが、さすが王都の劇場だけあり二階の王族専用席は立派だった。貴族向けとは別にそのような席が常設されているとは知らなかった。

演目の内容は、美しくて聡明な貴族のお嬢様が、実は幼い頃に取り違えられた使用人の子供だったという、出生と血筋に様々な思惑が絡むストーリーだ。

前評判通り、脚本も演出も役者の演技もすべてが素晴らしく、終始レベッカはハラハラしどおしだった。見終えた今は高揚感で満たされている。

「血筋も何も関係なく、自分の力で未来を切り開いていくという最後がとても良かったですわ」

そう答えると、エリオットの目が丸くなった。驚いたような表情は初めて見るもので、どこか新鮮だ。

「君は貴族に流れる高貴な血を関係ないと言うのかい？」

「ええ」

レベッカは素直に頷く。ふうん、と意味ありげな目で見られたが気にしない。

イグノアース王国は、代々続く王族と貴族が政治の中心となっている国だ。血統主義的な考えが深く根付いており、レベッカの考えも少し前まではそうだった。しかし普通の庶民だった前世を思い出した今では、大切なのは血よりも中身だと思う。そんな考え方は、王族であるエリオットには到底理解できないだろう。

舞台も血統主義者である貴族と多数の市民、どちらにも配慮されたストーリーだった。

これ以上話を深く掘り下げても何も生まれないだろうと、レベッカはふわりと笑みを浮かべて話を終わらせる。しかし、なぜかエリオットがじっと見つめてくるので、お尻のあたりがそわそわしてきた。もちろんそんなことで動いたりはしないが、どうも居心地が悪い。

「レベッカ嬢は主役の彼女より、相手役の男性に興味があるのかと思っていたよ」

「どうしてそのようなことを？」

「それくらいは簡単に分かるさ。銀の髪に力の抜けた目元――僕たちの知っているある人物にそっくりだ」

形の良い唇の端が持ち上がる。

ふと背中に何かが触れて、レベッカは自分が無意識に馬車の中で後ずさっていたことに気が付いた。こちらが離れた分だけ、彼が距離を詰めてきたせいだ。

王族の使用する馬車のため狭くはないはずなのに、壁に張り付くほど移動している。

「どうして逃げるのかな？」

「エ、エリオット殿下こそ、どうしてこちらへ？」

先ほどと変わらない笑顔にもかかわらず、いつものような眩《まぶ》しさを感じない。どちらかというと、不穏そうな雰囲気をまとっている。彼の突然の変化についていくことができない。

細いのに関節はしっかりしている、芸術品と見まごうようなキレイな指が伸びてきた。避ける間もなく頬を撫でられる。まるで猫に睨《にら》まれたネズミのような気分だ。まっすぐ見つめられて目を逸らせない。

「レベッカ嬢は、どうしてあの日ルイスと二人きりで会っていたんだい？」

エリオットはレベッカの質問に答えることなく、こちらへ問いかけてきた。

「それは……」

正直に答えて良いものか分からず言葉に詰まった。迷うレベッカの長い黒髪が一房すくわれる。

「レベッカ嬢は僕の婚約者なのだから、浮気は良くないな」

「う……浮気ではありません」

「でもあの役者はルイスにそっくりだったと、君もそう思っただろう？　他でもない僕の弟である、ルイス・イグノアースだ。あの役者を見る君の目に、あいつに向けるそれと同じようなものを感じたけれど」

確かに、今日の役者はルイスにどことなく雰囲気が似ていた。無論ルイスの方がより格好良いのだが。

しかし浮気ではない。自分の気持ちを否定されたような気がして、頭の中が熱くなった。

「浮気なんかではありません、ルイス殿下への気持ちは本気ですっ」

「へえ？」

そう小さく口にしたエリオットの表情を、下を向いていたレベッカは見ていなかった。

「私は本気で、ルイス殿下のことが好きなんです！」

「僕という婚約者がいるというのに？」

「それは確かに申し訳ないと思いますが、仕方がないですよね」

「仕方がない？」

「エリオット殿下との婚約は、私が希望したことではなくて――」

そこまで言って、ようやくレベッカはこちらを見つめるエリオットの視線に気が付いた。その琥珀色《アンバーアイ》の瞳を見つめ返し、はっとする。

ついカッとなって、ルイスが好きだと口にしてしまった。彼に明かすつもりなどなかったのに。

さらに、『悪女』を演じるのを忘れて素が出ていたことにも気が付き、ごほんと咳払いをした。

わざとらしくても仕方がない。取り繕《つくろ》うように口元を笑みの形にする。

「時間が遅くなってしまいましたわね。家まで送っていただくのは申し訳ありませんので、ここで失礼いたしますわ」

馬車を降りて歩く公爵令嬢など聞いたことがないが、このまま二人きりでいるよりはましだ。

「こんな街中に一人で置いていけるはずがないだろう。きちんと公爵邸まで送るよ」

「いえ、エリオット殿下もお忙しいと思いますし」

「急ぎの政務はすでに終わらせてきた」

「至急のご判断が必要な案件があるかもしれませんわ」

「本当の緊急事態なら、こちらの事情もお構いなしに人が呼びに来るからね、気にしなくて大丈夫だよ」

何を言っても平然と返してくる相手に、不満が高まる。こちらは一刻も早くこの息が詰まりそうな空間から逃げ出したいというのに。

するとそんなレベッカの心を読んだかのように、エリオットが髪にキスをして言う。

「僕よりもルイスと一緒にいる方がいいのかな？」

「……当たり前ですわ」

先ほどの暴露を聞かなかったことにしてくれれば、という願いは儚《はかな》く散った。ならば、これ以上隠すよりも認めてしまった方が良いだろう。

すると、エリオットは「怪しいね」と呟《つぶや》いた。

「正直な話をしよう。僕は今、君に不信感を持っている。これまでほとんど屋敷から出ることがなかった君が突然一人で王城まで来て、ルイスにあからさますぎる色仕掛けをしているんだ。疑わない方が難しい」

「疑う？」

「君の父親であるウォルター公が何かを企《たくら》み、娘に吹き込んだ、または娘を利用しているのではないか、とかね」

「企《たくら》むだなんて、そんな」

思ってもみなかったことを言われ、レベッカの声が引きつった。ルイスに会いに行ったのは、レベッカが勝手にやったことだ。一方で、確かに不審に思われても仕方がないとも思った。それほど周囲の人間から見れば、レベッカの変化は急なことだっただろうから。

なんにせよ、父の信用を落とすのは困る。『その時』が来たら父に頼み、エリオットと婚約解消したあとにルイスと改めて婚約し直す予定なのだ。今、変に父の権力を削《そ》ぐわけにはいかない。

「レベッカ嬢が嘘をつくのなら、僕も本腰を入れて君の言動に裏がないか調べなければいけないな。君もそう思うだろう？」

背の高いエリオットに見下ろされるように顔を覗きこまれる。澄んだ琥珀色の瞳《アンバーアイ》がこちらの思考の奥底を暴こうとしているように思ってしまう。

だが、ここで負けるわけにはいかない。後悔のない人生を送ると決めたのは、自分なのだから。

「エリオット殿下が心配されるようなことは何もありませんわ。ルイス殿下を好きになり、わたくしは変わったのです」

「それじゃあ違う質問にしようかな。君はいつの間にルイスを好きになっていたんだい？」

「エリオット殿下との婚約披露パーティーの時からです」

それくらいなら答えても問題ないだろう。レベッカは当時を思い出しながら、エリオットに伝えた。自分の気持ちを軽くしてくれた言葉を。

「……本当にそんなことをルイスが言ったの？」

「本当です」

疑わしげなエリオットにきっぱりと頷く。レベッカにとって特別な思い出だ、記憶違いなどありえない。

するとエリオットは腑《ふ》に落ちないといった表情をしながらも、頷いた。

「……分かった、とりあえず今の発言は信じよう。ただ、隠し事をしている君をまだ信用するわけにはいかない」

「隠し事なんてありませんわ」

そう伝えたが、まったく信用されていないことがまざまざと伝わってくる。ここで前世の事情を言ったとしても、誤魔化していると思われるだけだ。

「だから、今後君がルイスに会いに来た時は、僕も同席させてもらうことにする」

「……え？」

思ってもいなかった言葉にぽかんと唇が開く。窓から差し込む光で金の髪を輝かせながら、エリオットは先ほどまでと変わらない完璧な笑みを浮かべる。

「今、なんと？」

「だから、僕も同席すると言ったんだよ。ルイスと二人きりにはさせられないからね」

「待ってください、エリオット殿下。ご自分が何をおっしゃっているのか分かっていますか？」

レベッカはルイスと茶飲み友達になりたくて会いに行くわけではない。ルイスを誘惑したいのだ。

その現場に、婚約者であるエリオットが同席する？

「君は君のしたいようにすればいい。僕は僕で、君が何を企《たくら》んでいるのか、それとも本当にただルイスを好いているだけなのか判断させてもらうよ」

「ルイス殿下を誘惑することを咎めないのですか？」

「状況次第ではすぐにでもやめさせるよ。真の目的を話す気になったかい？」

「目的も何も、私はただルイス殿下が好きで結婚したいだけです」

「そうか。まぁ好きにするといいよ」

「婚約者が自分の弟を誘惑しようとしているんですよ？　好きにすればいいだなんて、言うべきことはそれだけですか？」

婚約者がいるくせにその弟を誘惑しようとする自分のことは一旦棚に上げて、エリオットも大概どうかしている。言い換えればそれだけ、自分たちの関係が希薄だということなのだろうが。

「そうだよ。君は君の好きにすればいい。その代わり、僕も僕のしたいようにするだけだ」

優しく目を細めるエリオットの真意が分からず、反応が遅れた。端整な顔が近づいたと思った途端に、細い首筋に柔らかな感触と軽いリップ音。ぞくりと背筋に甘い痺《しび》れが走り、小さな声が漏れた。

「何をするんですか!?」

身体を押し返そうとしたが、びくともしなかった。離れるどころかするりと腰に腕が回り、身体が密着する。予想もしていなかった接触に、レベッカの身体が震えた。

エリオットは小さく笑いながら、頭の位置を下げていく。

「反応が慣れていないね。これで本当にルイスを誘惑できるのかい？」

「問題ありませんし、そもそもエリオット殿下には関係ありませんっ！」

レベッカの許可なく深く開いたドレスの胸元にキスをしてきたエリオットが、こちらを見上げて微笑んだ。素肌に感じる他人の体温に、心臓がばくばくと音を立てる。

いつも柔和な笑みを浮かべているエリオットだが、今はこれまで見たことがないほど口角が上がっている。それによって完璧で近寄りがたい雰囲気がやわらぎ、親しみやすさを感じたのは気のせいだろうか。

「関係ないとはひどいな。僕たちは婚約者じゃないか」

「これまでそれらしい態度を取ったこともないではないですか。なのに、こんないきなり――」

「君が今すぐルイスを諦めるなら、もうやらないよ。そして、改めて一からゆっくりと関係を築いていこう。僕にとってもそれが一番良い」

エリオットがじっとレベッカを見上げる。

言われた意味を一瞬考える。ルイスを諦めるなんて、そんなことは――

「絶対に嫌です！」

「言ってくれるね。だったらさっきも言ったように、君の自由を見逃す代わりに、僕も好きにさせてもらう。とりあえず、君の婚約者が誰なのかをもっとはっきりさせようか」

エリオットがそう告げるや否や、ちくりとした痛みと甘い疼《うず》きが胸元に走った。

彼の唇が触れていたところに赤いキスマークが生まれている。そこを舐められると背中にぞくりと全身を何かが走り、こぼれた吐息が妙に熱っぽくなる。

「ほら、逃げないと痕が増えてしまうよ。いいのかい？」

「ダメで……す、ぅんっ」

柔らかい唇に肌を何度もなぞられ、また新しい場所を吸われてしまう。逃げたいのに、腰に回された手の力が思ったよりも強くて動けない。

しかも、エリオットに触れられているところがやけに熱く感じて、押し返そうとする手に力が入らなかった。

誰かに止めてほしいと思っても、王族の紋章の入ったこの馬車の行く手を遮《さえぎ》る者はいないだろう。屋敷に着くまでどれくらい時間がかかるのか考えようとした途端、肌を舐められた感覚に思考が散らされる。

「あ……ん、だめっ」

「レベッカは肌が白いから、赤い痕がよく似合うね」

自《みず》らつけた鬱血痕《うっけつこん》を舌でなぞるエリオットが視界に入っただけで、腰のあたりがぞくりとした。

「……っ！」

エリオットの手が背中のリボンにかかった気配がする。ほどかれると思い、咄嗟《とっさ》に腕が動く。

パシンという軽い音は、エリオットの頬を叩いた音ではなく、レベッカが手首を掴《つか》まれた音だ。

「危ないね。何をしようとしたの？」

悪びれた様子もなく余裕そうに微笑む彼に、言葉が詰まる。

それはこちらの台詞《せりふ》だ。この中は二人きりだとはいえ、こんな場所でドレスを脱がそうとするなんて。それに馬車の外は人の行き交う街の道で、壁のすぐ向こうには御者もいる。

いや、それではまるで場所さえ問題なければ、エリオットに何をされても構わないようではないか。そうではないと、レベッカは自分に言い聞かせる。

人生をやり直すと決めたのだ。こんなところで邪魔をされてはかなわない。

小さく深呼吸をし、レベッカは肩に流れていた自《みずか》らの黒髪をゆっくりとはらった。

そしてエリオットの琥珀色《アンバーアイ》の瞳をまっすぐ見つめて、今日も真っ赤に塗ったリップで蠱惑的《こわくてき》に微笑む。

「わたくしたちは名だけの婚約者でしょう?」

レベッカが言い放った瞬間、目の前の端整な顔が一瞬表情を揺らした気がした。

すると手首を掴《つか》まれたまま、胸元につけられた赤い痕を撫でられた。琥珀色《アンバーアイ》の瞳にレベッカが映る。

「これまでは確かに表面的な関係だったけれど、これからもずっとそうである必要はないだろう?」

「わたくしは求めておりませんの」

「そう言われると求めさせたくなるのが、男の性《さが》なんだ」

「あら、教えてくださって嬉しいですわ。もう充分ですので離れてくださる?」

「残念ながらその願いは聞けないな」

「ひゃう……っ」

エリオットがまた肌に口づけ、赤い痕が増える。レベッカがキッと睨《にら》むと、こちらを見上げる彼の瞳が楽しそうに細められた。

「さっきから随分と可愛い声を出すよね。このまま最後までしても、艶《つや》っぽく啼《な》いてくれるかな？」

「じょ……冗談ですわよね？」

背中を冷たい汗が伝う。エリオットはそのような世迷言《よまいごと》を口にするタイプではないと思っていた。ということは本気で？

顔を引きつらせたレベッカを見て、エリオットが肩を震わせる。

「もちろん冗談だよ。今はね」

「そうですか。イグノアース王国の第一王子たるエリオット殿下が、女性に対して暴挙を働くような方だと軽蔑しなくて済んで何よりですわ」

レベッカは余裕そうに微笑んだが、予期せぬ展開に心臓はばくばくと音を立てっぱなしだった。

◇　◇　◇

「……レベッカ様、これは？」

「お願い、何も言わないで」

どうにかたどり着いた家のお風呂で、アンナの視線が全身に突き刺さる。

「ストールをお求めになるからお寒いのかと思っていましたが、これを隠すためだったのですね」

「言わないでってば」

「エリオット殿下ですか？」

「……他にいないでしょう」

レベッカの震えた声が浴室に響く。ちゃぽんと揺れるお湯に浮かぶ大きな胸には、いくつものキスマークがくっきりと刻まれていた。

アンナの呆れたようなため息を聞いてますます肩を丸めるが、状況は何も変わらない。

「だって仕方がないでしょ。前世も今も、男性経験なんてないんだから」

「そうかもしれませんが、それにしたって振り回されすぎです。レベッカ様が目指しているのは『悪女』でしょう？」

つま先までぴかぴかに洗い上げてもらい、レベッカはお湯から出た。ふかふかのタオルで水気を取られている間、備え付けの全身鏡に写った自分の姿を見つめる。

美しい身体は自分のものではあるが、まるで芸術品のようで、思わず感嘆のため息が漏れてしまう。滑らかな白い肌に、こんもりと膨らむ胸元の曲線美。それでいてウエストはきゅっとくびれていて、そこからほどよく引き締まった小さなお尻とすらりとした足が延びている。

『悪女』に相応《ふさわ》しい、完璧な身体だ。

改めてそれを確認したレベッカは、うん、と一人で頷いた。

「私は誰に何を言われても、自分のしたいことを貫《つらぬ》く『悪女』になる」

エリオットが何を考えていようと、どんな意図があろうと関係ない。自分は「ルイスが好き」という気持ちを持ち続けるだけだ。この身体を最大の武器にして誘惑して、既成事実を作る――それが目標なのだから。

「アンナ、私頑張るから」

「応援しています。どんな言動をなさっても、私は絶対に味方ですから。レベッカ様の幸せを一番に願っています」

「ありがとう」

レベッカは鏡の中のアンナに微笑む。

小さな頃からそばにいてくれるアンナだからこそ、前世を思い出した時も素直に打ち明けたのだ。思った通り、彼女は疑うことなく真剣に話を聞いてくれた。『悪女』になってでも好きな人と一緒になりたい、と言ったレベッカのことをいつも心から応援してくれるのだ。

「まずは、またルイス殿下とお茶をする機会を作らなくてはね」

「でしたら、一刻も早くエリオット殿下の痕を隠す必要がありますよ。お化粧でカバーできると良いのですが……」

それを聞いて気分が一気に落ち込んだレベッカは、しょんぼりと眉を下げたのだった。

◇　◇　◇

電話なんて便利なものなどないこの世界では、約束を取り付ける時は手紙が一般的な方法だ。しかしそんな悠長なことをしていたら予定を合わせるだけで何日もかかってしまうし、何よりもまずルイスに断られてしまったらそれまでだ。

となれば自《みずか》らが動いた方が早い。

「ルイス殿下、こんにちは。奇遇ですわね」

エリオットとの演劇鑑賞から一週間後、王城の廊下を歩くレベッカは、反対からやって来たルイスに声をかけた。もちろん偶然ではない。先日、ルイスの予定を把握するために第二王子付きの使用人を一人抱き込んだのだ。

「こんなところで何をしているんだ？」

「本日はとても良い天気ですし、一緒にお散歩でもいかがですか？」

足を止めたルイスの腕に絡みつくように、レベッカは手を回した。口を開きかけた相手を見上げ、むぎゅと胸を押し付ける。

「いや――」

「中庭のお花がとっても見頃ですのよ」

相手に断る隙を与えないよう、返事にかぶせて口にすると、ルイスが嘆息した。それを了承の返事と捉《とら》えてレベッカが歩き出すと、ルイスが合わせるように足を動かす。

「誘う相手を間違えているんじゃないか？」

「いいえ、そんなことはありませんわ。わたくしが一緒にいたいお方は、ルイス殿下で間違いありません」

前回は中途半端に迫るような形になってしまったため、警戒されたらどうしようかと思ったが、ルイスはいつものように話をしてくれる。それだけでレベッカの足取りが軽くなった。

王城の中庭の庭園は色とりどりの花が咲いており、歩くだけでもとても楽しい。天気の良い日を選んだ甲斐あって、日差しも暖かいお散歩日和《びより》だ。

「あの赤い薔薇《ばら》は我がウォルター公爵領の原産で、王室に献上しましたの」

「そうか」

「ここの気候でも見事に花を咲かせていて何よりですわ。王宮の庭師の腕が良いおかげですわね」

「ああ」

レベッカがいくら話し掛けても、ルイスの返事はそっけない。やはり男性はそこまで花には興味がないのだろうか。前世でも『花より団子』とはよく言ったものだが。

「この前のお茶も、ウォルター公爵領の一番摘《づ》みの紅茶でしたのよ。お口に合いました?」

「まぁ、うまかったんじゃないか？」

「それは良かったですわ。またご馳走させてくださいませ」

レベッカは微笑んで、近くについていたアンナに目配せをする。すると彼女はさっと、きれいに包装された袋を手渡した。

「本日は手土産《てみやげ》もご用意しましたの。このマカロンはうちの料理人の自信作ですのよ」

そう言って、レベッカは真っ赤なネイルをした指先で袋の中から赤色のマカロンを摘《つま》み上げる。あまり行儀は良くないが仕方がない。ルイスの口元にそれを差し出すと、エリオットと同じ琥珀色《アンバーアイ》の瞳でじっと見つめられる。

「この前といい今日といい、どうして俺に声をかける？　エリオットの差し金か？」

「エリオット殿下は関係ありませんわ。わたくしは自分の意思で、ルイス殿下とお話がしたくてお誘いしていますの」

「何を企《たくら》んでいる？」

「……わたくしのことが気になります？」

くすりと微笑み、レベッカはマカロンをルイスの口にそっと押し込む。そして再度大きな胸をルイスの身体に押し付けた。

もちろん今日のドレスも胸元が大きく開いているデザインで、谷間がはっきりと見えている。エリオットに付けられたたくさんのキスマークも今はもうない。完全に消えるまで一週間も待つはめになったけれど。

「ベッドの中でなら、ルイス殿下に隠し事などできなくなってしまうかもしれませんわね」

ちらりと流し目でルイスを見上げる。

ちなみにこれらはすべて、前世で読んだ漫画や小説のライバル役の女の子たちを真似ている。物語なので彼女たちは可愛くて性格も良いヒロインには勝てなかったが、現実は違う。どんなに性格が悪かろうとあくどい手を使おうと、好きな人を振り向かせた者が勝つのだ。

ルイスが「ふーん？」と小さく呟《つぶや》きながら、レベッカを見下ろす。

その時だった。

「お待たせいたしましたぁ、ルイス殿下」

甘く可愛らしい、鈴を転がすような声が響く。第二王子であるルイスや公爵令嬢であるレベッカに許可なく声をかけることができる人物は、そう多くない。

ゆっくりと振り返れば、そこにはルイスの婚約者候補であるセシリア・ライルズ侯爵令嬢がいた。緩《ゆる》く巻かれた栗色の髪を風に揺らしながら、セシリアは軽やかな足取りで近寄ってくる。

「お時間ぴったりにお伺いしたつもりなのですけれどぉ、少し早かったでしょうか？」

「ああ……ん？」

セシリアに何か言おうとしたルイスだったが、口の中にマカロンが入っていたことを思い出したらしい。咀嚼《そしゃく》しているその隙に、レベッカはさらに自分の胸をルイスの身体に押し付けた。

「セシリア様との約束があったのに、わたくしのお誘いに応じてくださったんですの？　わたくしとしてはこのまま、二人きりでもっと親密なお話をしていただいてもよろしいのですけれども」

「あー、セシリア、これはだな」

マカロンを呑み込んだルイスが頭をがしがしと掻きながら、レベッカの二の腕を掴《つか》んで身体を引き離した。明らかに面倒くさそうではあるものの、邪険にするつもりもないようで、反応はそこまで悪くない。細い二の腕をぐっと掴《つか》む手の男らしさについドキドキしてしまった。

「ルイス殿下、そんなに強く掴《つか》まれては痛いですわ」

「悪い」

伝えると同時にルイスの手が離れた。名残惜《なごり》しい気がして、離された距離の分だけ近づき、耳元に吐息を吹きかけるように囁《ささや》く。

「女性の肌には優しく、ね？」

「……そうだな」

レベッカがくすくすと妖艶に笑った時、後ろからこつんと靴音がした。しぶしぶまた振り向けば、わざと音を立てたであろうセシリアがこちらを見ている。

目が合うと、長いまつ毛に縁取られた翡翠《ひすい》のような丸い瞳がにっこりと細くなる。目がキツくて悪女顔の自分と違い、誰もが可愛らしいと絶賛するだろう笑顔だ。

「そういえばぁ、ここに来る途中で王妃様にお会いしました。ルイス殿下を探していらっしゃったようですよぉ」

「母上が？　何の用だ？」

「申し訳ありません、私もそこまではお伺いしませんでしたぁ」

「いや問題ない。少し席を外す」

レベッカが口を挟む隙なく、ルイスはさっと城の方へと向かう。少しは気にかけてくれるかと思ったが、躊躇《ちゅうちょ》なく離れていってしまった。切ない思いでルイスの背中を目で追う。

「人違いかと思いましたが、レベッカ様だったんですねぇ。突然人の婚約者に手を出すだなんて、悪いものにでも憑かれたんですか？　そんなにみだりに肌を露出してみっともないですぅ」

にこにことしているのに、嫌な感じのするセシリアの笑顔。

言われたことは正論だ。けれど、その中に潜《ひそ》ませた言葉のナイフで攻撃してやろうという意図はあからさまで、レベッカは思わず彼女を見つめ返した。

今まで社交界にほとんど出たことがなかったため知らなかったが、セシリア・ライルズはこんな性格だったらしい。甘えたように間延びした喋《しゃべ》り方に、隠す気のない悪意。以前のレベッカならば俯《うつむ》くことしかできなかっただろう。

確かにルイスとセシリアは正式に婚約したわけではないが、自分が常識外れなことをしている状況に変わりはない。しかし『悪女』は言われっぱなしにならない。他人を押しのけてでも欲しい物は自分の力で手に入れるのだ。

そっちがそう来るならばと、レベッカは真っ赤な薔薇《ばら》と毒々しさを意識して表情を作った。

「あら、正式な婚約者でもないのに束縛しようとする狭量な女性と、どちらがみっともないかしら」

頬に手を当て、悩ましげに両手で胸元をきゅっと寄せる。

「それに、ルイス殿下もまんざらではない様子でしたわ。こちらが火傷《やけど》してしまいそうなくらい熱い視線を感じましたもの。ああ、貴女も悲観することはなくてよ。童女のように凹凸《おうとつ》のない体型が好きだと言う男性も世の中にはいますものね」

そこまで言って、レベッカは挑発するように唇の端を持ち上げた。

ぐっとセシリアが息を詰める。フリルとリボンで目立たないよう誤魔化しているが、セシリアの胸元が寂しいのはよく見れば分かる。胸の大きさだけが女性の魅力だなどとは思わないが、最初に喧嘩《けんか》を売ってきたのは向こうだ。攻め入る隙があるのなら遠慮はしない。

微笑み合う二人の間で、バチリと音がした。

「おや、君たちも散歩かな。楽しそうな組み合わせだね」

突然聞こえてきた、この場に似つかわしくない穏やかな声の持ち主は、エリオットだ。想定していなかったわけではないが、できれば会わないでいたいと思っていた相手の登場に、レベッカの心臓が変な音を立てる。

当然のようにレベッカの隣に並んだエリオットは、こちらもまた当たり前のようにするりと腰に手を回してきた。あっと声が漏れそうになったが、セシリアの手前慌てて呑み込む。

「僕も混ぜてほしいけれど、問題はないよね？」

「もちろんですわ、エリオット殿下。大分日差しが強くなってきましたので、日傘が必要かしら」

レベッカはそう受け答えをして、どうにかエリオットから離れようとしたが、腰に回された腕の力が強くて動けない。

すると有能すぎるアンナがさっと現れ、傘をさし出してくれた。受け取ろうとすると、なぜかその柄をエリオットに奪われる。アンナからちらりと向けられた視線は、頑張れと言っているような気がした。

背中に汗の浮かんでいるレベッカに気付くことなく、エリオットは優雅に歩き出す。すでに散歩をしたい気分ではないのだが、仕方なしにレベッカは隣を歩く。エリオットに視線で促《うなが》されたセシリアも後ろをついてきた。

「あの赤い花はウォルター公爵領から譲り受けた品種だね。今年も見事に咲いていて、本当にとても美しいよ」

「そうですわね」

「この前淹れてくれた紅茶も、公爵領が産地だったね。花も紅茶も、君の領地のものはとても品質が高い」

「そのように言っていただけて光栄ですわ。特に紅茶は我が領地の名産品ですの。エリオット殿下が評価してくださるだけで、生産者はみな報われますわ」

「ライルズ侯爵領ではそろそろローズマリーの花が咲く時期だね」

「そうだったと思いまぁす」

エリオットの言葉に、後ろを歩いていたセシリアが小首を傾げながら答える。「今年はとても気候に恵まれているから、育ちが良いと聞いているよ」と微笑みながら、エリオットは返す。

ふと、エリオットがレベッカの手にしている袋に目を留める。

「その袋は？」

「マカロンです。お嫌いでなければおひとついかがでしょうか」

「いいのかい？」

「ええ。うちの料理人の渾身《こんしん》の作ですの、こちらもきっと気に入っていただけますわ」

マカロンを勧めたのは、腰に回された手を早くどかしてほしいからだ。今はどうにかこうにか取り繕《つくろ》っているが、落ち着かないことこの上ない。セシリアがいなければ、強引に退散していただろう。

だが、エリオットは差し出したマカロンの袋を手に取ろうとはしない。その時、レベッカは彼の意味ありげな視線に気が付いた。先ほどのルイスとのやり取りを見られていたわけではないだろうが……同じことをしろという意味にしか思えない。かといって、この場で意図を聞ける状況でもなかった。

レベッカは覚悟を決めて、真っ赤なネイルの指先でクリーム色のマカロンを摘《つま》む。

——私は『悪女』。お色気路線で行くと決めた、『悪女』だ。そう言い聞かせ、マカロンをエリオットの口に運ぶ。

「ようく味わってくださいましね」

レベッカの予想通り、エリオットは形の良い唇を開いてマカロンをぱくりと口に入れた。なんだかこちらの指まで少し食べられたような感触がしたけれど、気のせいだと思うことにする。

なぜ自分は、こんなことをしているのだろう?

レベッカは、ちらりと完全に蚊帳《かや》の外状態だったセシリアを見る。妙に態度が固いのは、恐らく先ほどエリオットに会話に割り込まれたせいだろう。人前では猫を被っているらしい彼女は、レベッカに吐いた毒をエリオットに聞かれたのかどうか気になっているに違いない。隠し事がバレたかもしれないという焦りは、レベッカも最近経験したばかりだ。

セシリアと会話を楽しみたいとは思えないが、エリオットの相手をするよりはまだ気持ちが楽な気がする。

「セシリア様も召し上がって？」

「とても美味《おい》しいから、セシリア嬢も食べてみるといい。それとも会話をお邪魔してしまったのをご立腹かな。すまなかったね」

「いいえ、結構ですぅ。エリオット様と婚約中の身でありながら、堂々とルイス様にまで色目を使うような女性の用意した食べ物を口にするほど、恥知らずではありませんのでぇ」

セシリアはどうやら開き直ることにしたらしい。エリオット相手に物怖《ものお》じせず笑顔で答えるその姿に、レベッカはつい感心してしまった。

「エリオット様も、最近のレベッカ様のことはご存じでしょうぅ？　どうしてあのような振る舞いを許していらっしゃるのですかぁ？」

それは私も知りたい。そう思って横を見れば、とろりと溶けそうな笑顔でエリオットが目を細めた。

「自由で、自分に素直なところが彼女の魅力だと感じたからだよ」

それが本音だとすれば、エリオットは被虐趣味すぎるのではないだろうか。そんな感想を呑み込んでレベッカも笑う。

「あら、そんな風に言っていただけて光栄ですわ」

「だけど、今はまだ僕の婚約者だということを忘れないように。男の独占欲と嫉妬を軽んじない方が良い」

「いくらでも嫉妬なさって？　男性に嫉妬してもらえるのは、良い女である証明ですもの」

茶番だと思いながらも、レベッカは余裕そうに返事をした。

セシリアといえば、エリオットの返事が意外だったのか悔しそうな顔をしている。普通であれば婚約者がこんな振る舞いをしていたらもっと釘を刺すべきだと、当の本人であるレベッカすらそう思う。援護する義理は欠片《かけら》もないから黙っているが。

「そうですかぁ。エリオット様は心がお広いんですねぇ」

「さあ、それはどうだろう。でも、少なくとも君の本当の性格をルイスに漏らすようなことだけはしないから、そこは安心してほしい」

「……あ、ありがとうございますぅ」

小さく頭を下げるセシリアを見ながらふと思った。

エリオットはレベッカに「好きにすればいい」と言った。そして「自分も好きにする」とも。それ以上の約束はない。つまりレベッカがルイスを狙っていることを、当の本人に伝えてしまうことも自由というわけだ。もちろん狙っているのは事実なので問題ないが、あらぬ尾ひれをつけられることも大いにありうる。

そんな簡単なことになぜ気が付かなかったのだろう。実の兄弟と、ほとんど交流のない女、どちらを信用するのか考えるまでもない。ましてやレベッカは最近豹変したように態度が変わっているのだから、より警戒されているのだ。

今更気付いた事実にレベッカがそわそわしていると、王妃との用事を終えてきたらしいルイスが中庭に戻ってきた。こちらの腰にしっかりと手を回しているエリオットを見て、目元がぴくりと痙《けい》攣《れん》する。

「エリオットがレベッカと一緒にいるなんて珍しいな。どうした？」

「どうもしないよ。僕たちは婚約しているんだからね、何も不思議はない」

「今まで興味も持っていなかったやつがよく言うな。レベッカがいきなり俺に声をかけるようになったことと関係があるのか？」

「さあね」

「……そうか」

セシリアの横に立ち嘆息したルイスの口調に、何か含みを感じた。

どうもおかしな集まりになってしまった。それに妙にルイスの視線を感じて、喜ばしいはずが逆に居心地が悪い。一旦お開きにしようとしたレベッカだが、それよりも前にエリオットが口を開いた。

「では僕たちはこのあと用事があるから、これで失礼するよ」

そんなものはないと言う隙を与えられず、レベッカは強引にエリオットの執務室まで連れていかれてしまった。


「好きにしていいとおっしゃったではないですか」

「僕は僕のしたいようにする、とも言ったはずだけれど？」

「そんなのはただの屁理屈ですわ」

むっとしながら、レベッカは執務室に備え付けられたソファに座っていた。

エリオットの執務室に入ったのは初めてだったが、さすが王族の仕事部屋ともいうべき内装だった。応接用のソファとテーブル、書類が山のように積まれたデスク、カーテンから花瓶まですべての品が最高級品だ。絨毯《じゅうたん》はミナスーラ国の品だろう。あの国の織物は他の国の追随《ついずい》を許さないほど見事で、繊細な模様が特徴なのですぐに分かる。

レベッカは、先ほど使用人に淹れてもらったお茶を飲みながらため息をついた。せっかくルイスと良い感じになれそうだったのに。

「どうして邪魔をしたんですの？」

レベッカに問われ、書類から顔を上げたエリオットが小さく首を傾げた。細い金の髪がさらりと揺れる。

「邪魔なんてしたかな」

しらじらしい返事に、レベッカはテーブルに紅茶を置いて立ち上がる。今日のように邪魔され続けてはたまらない。やはり彼の真意を探らなくては。

エリオットが仕事をしているデスクに回り込み、「意地悪ですのね」と悩ましげなため息をつきながら、ほんの少しだけデスクに座る。公爵令嬢にあるまじき行為ではあるが、このようにするとドレスのスリットから太ももが見え隠れするのだ。

対ルイス用にと選んだものだったが、まさかエリオット相手に活用することになるとは。

レベッカは男を弄《もてあそ》ぶ余裕のありそうな表情を意識して、琥珀色の瞳《アンバーアイ》を覗きこむ。

エリオットは太ももや谷間に視線を動かすことなく、レベッカ以上の余裕な態度で彼女の頬を撫でた。

「僕の行動が気になる？」

「ええ、もちろん」

「僕は忙しいんだ。込み入った話はできないよ？」

「存じておりますわ」

負けじとエリオットの胸元に手をついた。

宰相でもある父は家の中で仕事の話をすることはほとんどないが、その忙しさは身近にいれば充分に分かる。机の上に積み重なった書類の量から察するに、真面目で有能だという噂のエリオットも同様だろう。

その時、扉をノックする音が聞こえた。どうやら文官らしく、エリオットが入室を許可する。

「失礼いたします」

レベッカの推測を裏付けるように、文官が山積みの書類を両手で持って部屋に入ってくる。レベッカがここにいることに対してか、二人の近い距離に対してか分からないが、文官は一瞬目を丸くした。しかし、すぐに表情を引き締め、エリオットのデスクにさらに書類を積み重ねていく。

右から左にサインをするだけでも大変そうな量だ。前世の夏休み、出された宿題の量にうんざりした気持ちを思い出す。

それをエリオットは顔色一つ変えずに受け入れた。代わりにデスクに積み上げていた山の一つを指さす。

「そちらは再検討が必要な案件だ。改善案の草案は作っておいたから、担当の者へ伝えてほしい」

エリオットの言葉に顔を引きつらせたのは文官の方だった。

「これだけの量をもう処理してくださったのですか？　しかも差し戻しだけでなく、改善案のご検討まで……」

「要望に対して、ただ差し戻されても困るだろう？」

「いつもありがとうございます」

深く頭を下げ、文官が出ていく。一つ山がなくなったものの、新しい未処理の書類の山が増えてしまった。これを本当にすべて一人で処理するのだろうか。

「こんなにもお忙しいのでしたら、私のことなど放っておいてくださって構いませんのに」

「むしろ忙しさをおしてでも、という理由を考えてほしいな。君はどう思う？」

「知りません。だからお伺いしているのですわ」

レベッカは何とかエリオットの真意を聞き出そうと、少し前かがみになる。そうすると、ドレスの胸元から谷間が見える。椅子に座ったままの彼にはちょうど良い角度だろう。

だが、悩殺されてしまえという願いを裏切るように、エリオットは楽しそうにくすくすと笑って立ち上がった。

何をするのかとレベッカが目を瞬《またた》かせていると、身体の両側に手を付かれた。まるで腕の中に閉じ込められたかのような気持ちになる。予期せぬ近い距離に心臓がどきんと音を立てた。

エリオットがそっと黒髪を一房すくって、まっすぐに見つめてきた。自分からしかけたことなのにそわそわする。

彫刻のような美しさの顔を間近に見て、ふと先日の馬車でのことが脳裏によみがえった。肌に感じた唇の柔らかさと吐息の熱さも含めて。

「なんです、の？」

「君がルイスに願っているように、僕に誘惑されてくれないかなと」

そう言ってエリオットは小さく微笑みながら髪にキスをする。物語からそのまま出てきた王子のようなエリオットがすると、まるで絵画のようだ。様《さま》になりすぎていて、レベッカの胸が痛いくらいに騒ぐ。

「ゆ、誘惑なんてされませんわ」

「そうかな？」

「当たり前です」

「それにしては、君の頰はとても熱くなっているようだけれど。耳も真っ赤になっているよ」

「……ひぁ、だめ！」

耳元で囁《ささや》かれると共に、耳朶《じだ》を柔らかく食《は》まれた。ぞくりとお腹の底から響く感覚に驚いて、咄嗟《とっさ》に目の前の両肩を押す。

するとエリオットは長い髪から手を離して、あっさりと身を引いた。つい先ほどの強気な言動とは違い、困り顔で耳元を手で押さえるレベッカを見下ろし、頰に音を立ててキスをする。

「本当にルイスを手に入れようとしているのなら、ここは抵抗するのではなく、受け流せるようになった方がいいんじゃないかな？」

指摘を受け、レベッカははっとした。

そうだ、本物の悪女であれば、相手に翻弄されるのではなく振り回すくらいでなければ。慌てて、なんでもないことのように微笑み返す。

「お戯《たわむ》れがすぎるのではないかしら、エリオット殿下」

「そうかもしれないね」

相変わらず何を考えているのか分からない笑顔で、エリオットはこちらを見つめる。

レベッカはさりげなく距離を取ってソファに座り直し、お茶を口にして落ち着こうとした。エリオットがくすりと笑い声を漏らしたが、聞こえないふりをする。

また新たな書類を手にしながら、エリオットはレベッカに話し掛けた。

「そういえば、こんな風にレベッカ嬢と話すのは初めてだね」

「そう……でしょうか。言われてみればそうかもしれません」

観劇に行った時も話はしたが、会話という意味ではそう長い時間ではなかった。

「レベッカ嬢はいつもどんなことをして過ごしているんだい？」

「どうしたんですの、突然」

個人的なことを質問されたのは初めてではないだろうか。レベッカは不思議に思ったが、隠すことでもないので素直に答える。

「特別なことは何もしていませんけれど。お茶をしながらお喋《しゃべ》りをしたり、庭を散歩したり——」

「お喋《しゃべ》りって、誰と？」

「一番多いのは侍女のアンナですわ」

「仲が良いの？」

「小さい頃から一緒にいるので、とても」

「領地の勉強なんかもしているようだね」

「も……もちろんですわ」

レベッカが国政や領地の運営に関心を持ったのは、つい最近のこと。前世を思い出してから、自分に関わることなのにあまりにも無知だったと気が付いたのだ。

ウォルター公爵領は宰相である当主に代わり、その弟が実質的に治めている。レベッカが領地の運営に関わることはないが、貴族として生まれたからには関係ないと言ってはいけないだろう。それに、エリオットとの婚約を解消できたとしても、ルイスと結婚すれば王族に嫁ぐことに変わりはない。王族の配偶者は国政に関わる機会が多いからだ。

しかし、エリオットとこんな他愛のない話をする日が来るなんて思いもしなかった。

それはルイスも同じこと。雑談したことなんて一度もないと、今更ながら気が付く。

前世では『将を射んと欲すればまず馬を射よ』ということわざがあったが、エリオットが馬かどうかについては置いておいて、ルイスに近づくために兄のことを知っておいて損はあるまい。

「エリオット殿下は普段何をしていらっしゃるのかしら？」

「僕？　僕もそんなに特別なことはしていないな。いつも国王陛下の手伝いで政務ばかりしているよ」

今日の様子を見る限り、その言葉に嘘はないのだろう。顔を上げたエリオットと視線が合う。深い琥珀色の瞳《アンバーアイ》でじっと見つめられて、なんだか落ち着かなくなる。

「でしたらやはり、わたくしのことは放っておいてくだされはいいのに」

「そうして僕が仕事をしている間に、ルイスに近づこうという魂胆だろう？」

当たり前だ。先ほども、エリオットの邪魔さえ入らなければルイスと上手くいったかもしれないのだ。そんなレベッカの考えを読んだかのように、エリオットは続ける。

「そういうのは嫌なんだ」

「……嫌？」

「そう。嫌だ」

子供が仲間はずれを不満に思っているかのように、ただ「嫌だ」と繰り返したエリオットが妙に可愛く見えて、つい笑い声が漏れる。少し前に色香をまとわせ人の耳で囁《ささや》いていた人と同一人物だとは思えない。

「そんなに面白いことを言ったかな？」

「申し訳ありません。けれど、だって……っ」

ふふふ、と笑いが止まらない。

エリオットにこんな一面があったなんて知らなかった。

「僕は本気なんだけどね」

「……え？」

いつの間にかすぐそばに来ていたエリオットの手が、レベッカのむき出しの肩に触れた。突然のことに反応できず、力を入れられただけで簡単に背中がソファに沈んでしまう。

見上げる視界の中には、精緻《せいち》な模様の天井と男性の顔。

レベッカはエリオットに押し倒されていた。

「そんなにルイスを誘惑したいのなら、僕が教えてあげようか」

「エリオット、殿下？」

瞬《まばた》きをして見上げた。窓から差し込む光でエリオットの髪がキラキラと輝いていて、やけに眩《まぶ》しい。レベッカを見下ろす琥珀色の瞳《アンバーアイ》がまっすぐで、露出した皮膚が熱を上げる。

エリオットの口角が楽しそうに上がった。

「今のままでは、色仕掛けでルイスの気を引くのに何年かかるか分からないよ」

「そ、そんなことはありませんわ」

「そう？　でも……」

「ひゃぁんっ」

太もものスリットから覗く素足を撫でられ、思わず声が出る。エリオットは「ほら」と目を細めた。

「少し触れただけでこの反応だ」

そう言いながら、今度はレベッカの肩をするりと撫でる。彼の手の大きさや感触を意識してしまい、声こそ耐えたが顔に熱が集まるのは止められない。

「あ、あの」

「レベッカ嬢、本物の『悪女』はそんな反応はしないよ」

「エ、エリオット殿下の意図をはかりかねているだけですわ」

押し倒されているという体勢への恥ずかしさを抑えて、エリオットの胸をそっと押し返す。

これまで意識したことがなく、馬車での一件も気にしないようにしていたが、エリオットは男性だ。レベッカに触れる手は大きく、細身に見えていた身体は、服の上から触れても分かるくらいに胸板が硬い。

男の人に押し倒されているというこの状況はまずい。万一のことがあれば、ルイスとの未来を諦めざるをえなくなってしまう。

「あ、あれ?」

先ほどデスクで押した時はあっさりと離れたのに、今回はびくともしなかった。それどころか両手を掴《つか》まれてエリオットの大きな手で一つにまとめられてしまう。ほどこうとしても全然動かない。

「あの、あれ、えっと……エリオット殿下?」

悪女を演じることも忘れ、レベッカは戸惑いのままにエリオットを見上げた。

「君がなぜ、突然人が変わったようにルイスを色仕掛けで落とそうとしているのかは分からないけれど、本当にその気ならもう少し慣れておいた方が良い」

ルイスのことを好きなだけだとは信じてもらえていないのか、慣れるというのはどういうことなのか——いろいろと言いたいことはあったが、口には出せなかった。

それよりも前に、エリオットが顔を寄せて首筋をぺろりと舐めたせいだ。ぞくんと身体に電流が走る。

「ひゃあっ」

「ほら、本当に男を身体でたぶらかそうとしている女性は、そんな声は上げないんじゃないかい？」

「そ、そんなことを言われまして、もっ」

覚悟をもって自分から誘っている時と、意味も分からずに突然こんなことをされる時では、状況が違いすぎて上手く切り替えができない。レベッカ自身の恋愛経験値はゼロに等しいのだ。

「なぜ、このようなこと……っ」

前にキスマークを付けられた時といい今日といい、エリオットが何を考えているのかさっぱり分からない。自分はただの政略結婚の相手なのではなかったのか？　婚約してからもずっと肉体的な接触などなかったというのに、どうして今になってこのようなことをするのか。

問いただしたいのに、エリオットが首筋に何度も音を立ててキスをする上、時々舐めてくるせいでそれもかなわない。

「僕がどうしてこんなことをするのか、知りたい？」

「あたりまえ、ですわっ」

『慣れた方がいい』というのが、本当の理由ではないことくらい分かっている。レベッカがルイスと上手くいくために手を貸すメリットなど、エリオットにはない。

もし本当に協力してくれるのなら婚約を解消すればいいだけのことだ。立場が上の彼からであれば簡単なのだから。そうなればレベッカの評判は下がるが、そんなものはルイスへの気持ちに正直になると決めた時に覚悟はできている。

「簡単には教えてあげないよ。ちゃんと自分で考えて？」

「んんっ」

首筋に痛みを感じて、またキスマークを付けられてしまったのだと分かった。

「あ、痕、付けないでくださいませっ」

「ん？　なんで？」

「なんでって、当たり前ですわ。それを隠すのは、大変なんですのよっ」

前回痕が消えるまで、アンナがどれだけ丁寧に隠してくれていたと思っているのだ。

「そんなに大変なら、前に着ていたような、もっと肌が隠れるドレスにすればいいんじゃないかな？」

「嫌ですっ」

確かに前世を思い出す前は、首元まで詰まったデザインのドレスを着ていた。胸の大きさも目立たないように気を使っていた。しかしこの身体は武器だと気が付いてからは、わざわざ隠すことはやめたのだ。自分の選んだ服を好きなように着たい。

「そうか。なら仕方がないな」

エリオットはそう言うと、ソファとレベッカの背中の間に手を入れ、後ろで結んでいたドレスのリボンをほどいた。キツく締め上げていた布地が緩《ゆる》むと、早業《はやわざ》のように胸元の生地を引っ張り下げる。元々ほとんどが露出していた胸が、ふるんと揺れて飛び出す。

「そんなにレベッカ嬢が嫌がるのなら、せめて見えないところに付けてあげるよ」

「え？　ぁ……んっ」

自分の身に何が起こっているのか把握できなかった。しかしそんなレベッカのペースに合わせてくれる気はないようで、エリオットは胸の下の方に吸い付いてきた。ちくりとした痛みに思わず声が出る。

「エリオット殿下っ……ぁ、やんっ」

「柔らかくて美味《おい》しいね」

「だめ……っ、ん、やめて、くださいっ」

はだけた胸にエリオットの熱い舌先を感じる。肌を舐められているのだと意識した途端、恥ずかしさで頭が沸騰しそうになった。

エリオットの舌が肌をたどる度にぞくぞくする。息が詰まって、やめてほしいのに手が動かない。

「ほら、レベッカ嬢。そんなに震えていたら、とてもではないけれど色仕掛けなんてできないよ？」

くすくすと笑う声が耳に入る。レベッカとしても余裕な態度であしらいたいが、どうにもできないのだから仕方がない。

「あぁっ！」

「ん、ぷっくり膨れていて可愛いね」

ふ、と熱い息を胸の先端に吹き掛けられた。思わずそちらを見てしまい、レベッカは盛大に後悔した。白くて大きな胸のすぐ向こうにあるのは、エリオットの整った顔。薄く色付いた先端は、言われた通りぷっくりと膨らみ、硬く立ち上がっていた。

エリオットがぴちゃりと音を立ててそこを舐めたかと思うと、ぱっくりと咥《くわ》える。そして腫《は》れ上がったそこを濡れた舌で押しつぶす。

「あ……っ、や、待っ……っ！　ぁあっ」

レベッカの身体がびくんとはねた。目を背けたいのに、動くことができない。

エリオットはそれだけでは満足しなかったのか、反対側の胸をもにゅりと掴《つか》んだ。両胸を揉まれて、舐められる。

「や……うそ、なん……でぇ。んんっ」

悪女を演じることなんて忘れ、レベッカは涙で潤んだ瞳で小さく震えた。

大きな胸を持ち上げられながら、片方はくるくると色付いた周りを撫でられる。そうされるとなんだか身体がじんじんしてきて、切なくなってくる。一方で、反対側は舌先でつつかれたり押しつぶされたりと、おかしくなりそうだ。甘い痺《しび》れが止まらなくて、悲しいわけではないのに涙が溢れた。

「すごいね、こっちはツヤツヤに光っていて、こっちは美味《おい》しそうに腫《は》れているよ」

「う、うぅ……そういうこと、言わないでくださいぃ」

やっと胸から顔を離したエリオットは、どこかうっとりとしている。言われた通り、舐められていた先端はエリオットの唾液で窓からの光を反射しており、まだ触られていない方は色が濃くなって硬く立ち上がっていた。エリオットの長い指がまたくるりと周りを撫でて、ひくんと身体が揺れてしまう。

「ねぇ、レベッカ嬢。こちらも触ってほしいんじゃない？」

「そ……そんな、こと」

「ない？　本当に？　でも、こんなにぷっくり立ち上がっていて物欲しそうにしているよ」

「ち、違いますっ」

「君が本気で色仕掛けをしようとしているなら、『舐めさせてあげる』くらい言った方が良いんじゃないかな？」

「……そ、それは」

そうなのだろうかと、つい自問自答してしまう。

仮にそうだとしても、自分がこういうことをしたいのはエリオットではなく、ルイスだ。けれども前世も含めてこういう経験は全くない。本番で失敗しないためにも、エリオットの言う通り『慣れて』おいた方がいいのでは？

悩みながら自分の胸を見下ろす。その先端は腫《は》れていて、切なく痛いほどだ。

レベッカは、こくんと唾を呑み込む。エリオットの指がここに直接触れたらどうなってしまうのだろうか。

もどかしさに身体が疼《うず》く。手が自由になれば自分で触れたのに。いや、そんな恥ずかしいことをしてはいけない。けれど苦しい。触ってほしい。先ほどのように……反対側と同様に、気持ち良くなりたい。

そこまで考えて、我に返ったレベッカは自分を戒める。間違って好きでもない相手と最後まで致してしまったら終わりだ。エリオットとは清い関係のまま、ルイスと結ばれなければ意味がない――

「言えないなら、もう少し慣れておこうか」

「あっ！　ああっ」

じんじんしていた先っぽをきゅっと摘《つま》まれた。それだけで目の前がちかちかする。

「ん、良い声だね。そのまま可愛い声で啼《な》いてみようね」

「あっ、ん、……っ、そ、んな……ん、ぁあっ！」

エリオットの長い指先で何度も刺激されて、腰が浮き上がる。やがて硬い歯を当てられたかと思うと、またぱっくりと食べられてしまった。

悲鳴に近いような声が喉から上がる。ぴちゃぴちゃと音を立てて舐められ、耳からも嬲《なぶ》られているようだ。舌に押しつぶされ、欲していた以上の熱を与えられたレベッカは、散々に嬲《なぶ》られて、抵抗するだけの力も入らなくなってしまった。

「あと少しだけ頑張ってみようか」

低い声が耳元に落とされる。甘さを含んだその言葉の響きに、わけも分からずに小さく頷いていていた。抑えたような笑い声がする。

「良い子だね。そのまま力を抜いていて」

「ぁ……え？」

「すごい、ぬるぬるだ」

気が付けば、スリットからスカートの中に手が入り込んでいた。下着を細いものがなぞる感覚がして、それがエリオットの指先なのだと遅れて気が付く。

布地の隙間から中に入り込んだ長い指が、下着の中で動く度にぬぷぬぷと音がする。それがどういう意味かレベッカも理解していた。

「胸を舐められるの、そんなに気持ち良かったんだ？」

「ち、が……っ、んん、やぁ！」

「否定することはないよ。女性が感じてくれて喜ばない男はいない。気持ち良いと、素直に認めてみなよ」

「ちがう……、ちが、います……っ」

首を振って、エリオットの言葉を否定する。好きではない相手に触れられてこんな風になってしまうだなんて、信じられない。

「レベッカ」

「っ」

少し低い声で、名前を呼び捨てられた。ただそれだけのことなのに、ぞくんと全身が震える。

やがて、エリオットの指先が意思を持って何かを探り当てる。

「ほら、『気持ち良い』と言ってごらん」

「あ、ああっ！　だめっ、だめ！　気持ちいいですからっ、そこは……だめぇ！」

濡れた指先が下着の中で何かを摘《つま》んだ途端、つま先にまでびりびりと電流が走る。

「いやぁ！　きもちいいからっ……！　みとめるから、さわらないでくださぃっ！」

にゅるにゅると弄《もてあそ》ぶように、下着の中でエリオットの指が蠢《うごめ》く。動く度に感じる強い刺激に、レベッカの足が空中を蹴った。胸を触られた時とは比較にならない快感に、身体の奥からとぷんと何かが溢れる。身体をねじって逃げようとしたが、覆いかぶさるように身体で押さえつけられた。尖っていた胸の先端がエリオットの服に押しつぶされて擦《こす》れ、思わず嬌声が上がった。言い訳のしようもなく、気持ち良いのだという現実を突き付けられる。

「僕の指だけでこんなに感じて。可愛いね、レベッカ」

「だめ……、だめぇ……！　なにか、あぁ！　なにか……きちゃうっ」

「達しそうなの？　いいよ、感じるままに気持ち良くなってごらん」

これが『そう』なのだろうか。

前世でも知らなかった、大きな波に呑み込まれてしまいそうな恐怖に、レベッカはいやいやと首を振る。するとエリオットが押さえつけていたレベッカの手首を離した。

「僕の背中に手を回して」

すでにわけが分からなくなっていたレベッカは、言われるがまま彼の背中に手を回し、服をきゅっと掴《つか》む。

「良い子だね。そのまま力を抜いて、僕の指だけ感じていて」

「あ……んん、ふ……っ、ああんっ、ああっ！　なにか、くるっ！　エリオットでんかっ！」

「うん、僕だよ。今、レベッカに触れているのは僕――エリオット・イグノアースだ。分かるね？」

耳元に低く甘く囁《ささや》かれて、頭の中がどろどろと溶けていく。レベッカは素直に何度も頷いた。

「エリオットっ、エリオットでんか……っ！　あぁ、っ！　あ、だめっ！　だめぇ！」

「いいよ、達する時の顔を僕に見せて？」

「だめだめ……っ、だめぇぇー！」

エリオットの濡れた指先にきゅっと摘《つま》まれた途端、腰のあたりに溜まっていた快感が弾けた。全身に力が入り、頭の中が真っ白になる。

目の前の身体に強くしがみつき、レベッカはつま先まで震わせた。

「レベッカ……」

エリオットに何かを囁《ささや》かれたような気がしたが、自分の吐く荒い息のせいでよく聞こえなかった。

二、這い寄る記憶

レベッカは城の廊下を一人で歩いていた。向かう先はルイスのもと……といきたかったが、残念ながら今日の目的はエリオットだ。

先日の執務室での行為を思い出すと、恥ずかしいやら情けないやらで今すぐ回れ右をして帰りたくなる。しかしそうできないのも、先日の行為が原因だった。盛大に達したあと、ぼんやりしている間にとろとろに溢れた秘部をエリオットのハンカチで清められたのだ。そんな布地を彼のもとへ置いておくことはできず、「構わない」と言うのを半ば強引に奪った。

借りを作りたくないからと代わりに購入したハンカチを渡すために、レベッカはしぶしぶ登城したのだが、その足取りは重い。

エリオットに渡したら、それ以上会話はせずにすぐ立ち去ろうと決意する。

その時、ちょうど廊下の反対から歩いてくる人影に気が付いた。今日もたっぷりのレースとリボンでボリュームを出したドレスを身にまとったセシリアだ。向こうもレベッカに気が付いたようで、互いに笑顔で顔を見合わせる。

「あれぇ、ルイス殿下はこのあと城外へお出掛けになるんですけどぉ、知りませんでした？」

「もちろん知っていますわ。セシリア様は知らずに来て追い返されたところですの？」

「残念ながら、これまでルイス殿下とお茶していましたぁ！」

セシリアはこめかみをピクリとさせて言い返してきたが、レベッカは一笑しただけだった。

「用事もなくこんなところにまで来るなんて、レベッカ様ってお暇なんですねぇ」

「顔を見るなり嫌味を言う方が、よっぽどお暇に見えるけれど……あら、別にセシリア様のことを言ったわけではなくてよ？」

セシリアの口元が引きつった。彼女のチクチクとした嫌味には、黙るよりも堂々とした方が良いことは学習済みだ。些細《ささい》な小競り合いはお互い様だろう。

しかし今日は本当にルイスに会いに来たわけではない。セシリアとのお喋《しゃべ》りもそこそこに、レベッカはエリオットの執務室へ向かおうとする。するとセシリアは、背を向けたレベッカにいつもの甘ったるい声を投げかけた。

「そういえば私、王妃教育を受けることになったんですぅ。お父様が必要だからってぇ」

セシリアがうふふと得意げに笑う。

イグノアース王国には今、正式な王太子がいない。王位継承権第一位はエリオットだが、まだ立太子はしていないのだ。ルイスが立太子すれば継承権の順位は入れ替わり、ルイスの結婚相手が未来の王妃となる。しかしエリオットはすでに政治に関わっている一方、ルイスについてはそういった話はない。このままエリオットが王太子になり、王位につくのが当然の流れだ。

「セシリア様は王妃になりたいのかしら？　でしたら――」

エリオットの婚約者という立場を交換すればいい。そう思ったのだが……

「可哀相なレベッカ様。何にも知らないんですねぇ」

セシリアのその物言いに含みを感じて、心が逆なでされる。

「何も知らないって、何がですの？」

「私が親切に教えてあげるわけないじゃないですかぁ」

セシリアは、うふふとまた声を出して笑った。

王妃教育は、ルイスの婚約者である限りは必要ないはずだ。そもそもエリオットの婚約者であるレベッカでさえ、父がまだ必要ないと言っているというのに。

顔をしかめるレベッカを見て満足したのか、セシリアは勝ち誇ったような笑みのままフリルのついたスカートを揺らして立ち去った。

もやもやしたものが胸に残ったが、このままだと王城に来た目的を果たせない。レベッカはひとまずセシリアの言葉を忘れることにして、エリオットの執務室の扉をノックした。入室を許可する声を受けて扉を開くと、中にいたエリオットが驚いたようにデスクから立ち上がる。

「君から訪ねてくるなんて珍しいね」

「これを渡しに来ただけですわ」

近寄って来たエリオットに持っていた包みを渡すと、彼はすぐに中身を確認して頷いた。原因が原因だけに恥ずかしくて細かい説明はしなかったが、理由は察してくれたらしい。エリオットはありがとうという言葉と共に、扉を大きく開いた。

「せっかくだから、少しお茶でもしていかないかい？」

「え、ええ」

エリオットの眩《まぶ》しい笑顔につい了承してしまい、すぐに帰るつもりが部屋に招き入れられる。ソファに座ると、手早くティーセットが用意された。使用人ではなく、エリオットが自《みずか》ら準備したものだ。王族である彼にここまでされて、断ることはできない。

ソファで茶器を前にしているのはレベッカだけで、エリオットは引き続き執務机で書類仕事をしに戻っている。この前言っていたように、エリオットは常に政務に追われているようでとても忙しい。執務机には今日も未処理らしき書類が山になっていた。

ルイスはよくのんびりとお茶をしたり散歩したりしているようだが、エリオットのそういう話はほとんど聞かない。観劇に行ったあの日は、おそらく無理をして時間を作ってくれたのだろう。

……どうしてそこまでするのだろうか。

今も忙しいのだからレベッカのことなど追い返し、仕事をしていれば良かったのに。わざわざ引き留めてまで招き入れた理由はなんなのか。内心で首を傾げるが、口には出せない。

というのも、エリオットと話をしようとすると、どうしてもこの前のことが頭をよぎってしまうからだ。自分が好きなのはルイスなのに、仮にも婚約者だからといってエリオットの手をあそこまで許すなんて。

話を蒸し返すのが恥ずかしくて、レベッカはしばらく黙ってお茶を口にしていた。

しかしこんなことでは本物の悪女にはなれない、エリオットの真意が知りたいと、心の中でぐっとこぶしを握り締める。

「あのっ――」

「ああ、お茶のお代わりだね」

エリオットが立ち上がろうとするので、慌てて制止する。

「自分でできますわ！」

先ほどはぼんやりしていたためエリオットの手ずから注がれてしまったが、その前にと自分で注ぐ。しかしすぐに、そうじゃない！　と我に返る。

「エリオット殿下、少しお話をしてもよろしいかしら」

「お茶請けが足りないかい？」

「あ、いえ、これ以上はお腹がいっぱいになってしまいますわ」

「そう？　足りなければいつでも言ってくれていいから。レベッカのためなら城の者が喜んで作るからね」

「そうなのですか？　エリオット殿下の用意してくださったお菓子はどれもとても美味《おい》しくて……って、そうではありませんっ」

「ん？」

微笑みながら見つめ返されて、思わず顔が熱くなる。なんで突然あんなことをしたのか、その理由を尋ねたいだけなのに、その先がどうしても聞けない。

最近の自分はエリオットのことばかり考えている気がする。

もやもやしていると、性急なノックの音と共に扉が開かれた。

「エリオット殿下、急ぎこちらの裁決をお願いできませぬか？」

「お父様っ！」

入ってきたのは黒々とした髪を後ろに撫で付けた中年男性――レベッカの父、ウォルター公爵だ。『中年』といっても、引き締まった身体付きで、年齢に見合った堂々とした立ち居振る舞いをしている。レベッカという大きな子供がいるにもかかわらず、未だに社交界では女性たちから人気があるらしい。レベッカの自慢の父だ。

部屋の主《あるじ》の許可も取らずに入室していいのか、とも思うが、宰相である父だからこそ許されているのだろう。ウォルター公爵家は、代々イグノアース王国の宰相を引き継いでいる。貴族の中でもウォルター公爵家は頭一つも二つも飛び抜けていて、その発言力は大きい。

「レベッカじゃないか。なぜここにいるのだ？」

父はレベッカに気が付き、片眉を上げげた。不思議に思われても仕方がない。二人の間に距離があることを父はよく知っているからだ。「結婚してからもずっと家にいれば良い」と言って、それを歓迎している雰囲気でもあったたが。

整えられたヒゲを撫でる父に、レベッカも何も言わなかった。というより、言えなかった。なぜ、というのは自分が聞きたいくらいだ。

「わたくしのことよりも、何か急ぎの用件でいらしたのではないの？」

「おお、そうであった！　エリオット殿下に、こちらの案件を急ぎ裁決していただきたかったのです」

「なんでしょう」

瞬時に宰相の顔に切り替わった父と、難しい顔をしながら話すエリオット。そんな二人を眺めながら、レベッカはまたタイミングを逃したことに肩を落とす。

「確かに……その案の方が良さそうですな」

「多少の経費はかかりますが、その分リスクは小さくて済みます」

「さすがエリオット殿下ですな」

話がまとまったらしく、せっかくなのでとエリオットが父にお茶を勧めた。少しだけならとソファに腰を下ろした父に、レベッカが手ずからお茶を注ぐ。

一口飲むと、父がふうとため息をついた。

「そういえば、ルイス殿下とライルズ侯爵の娘との婚約が正式に決まりましたな」

「ウォルター公爵、その話は……っ」

「……え？」

焦った顔で制止の声をあげるエリオットと、ぽかんと口を開くレベッカ。二人の様子を別の意味に捉《とら》えたのか、父は不敵に笑う。

「なに、心配は不要です。こうなることは予想しておりました。彼らが手を組もうと、我がウォルター家には足元にも及びませぬ。殿下は今後も変わらず政務にお励みください」

ティーカップのお茶を一気に飲み干し、父が立ち上がった。レベッカもつられるように立ち上がったが、足の感覚がない。

『あたしね、彼と結婚することになったの』

耳の奥にあの子の声がよみがえる。

「お父様、今のお話は本当ですの……？」

震えた声で尋ねたレベッカの様子がただならぬことに気が付いたらしい。父にどうしたのかと問いかけられたが、なんでもないと返すので精いっぱいだった。

レベッカの気持ちを父に伝えたことはない。ルイスと結ばれれば否応なく頼ることになるのだから、事前に忙しい父をわずらわせたくはないと思ってのことだ。

切羽詰まった様子のレベッカに何を思ったのか、父が力強く頷いた。

「レベッカには何の影響もない。これからの生活も変わらないから、安心して家に帰りなさい」

そう言って、父は急ぎ足で部屋を出て行った。レベッカは、扉が閉められた音と共にぽすんとソファに沈んだ。身体の力が抜けており、座っているのがやっとという状態だ。

「顔が真っ青だよ」

エリオットの声がやけに近く感じてそちらに視線を向けると、彼はすぐ横に腰を下ろしていた。

「大丈夫かい？　……いや、愚問だったね。忘れてくれ」

「その言い方ですと、エリオット殿下はご存じだったのですね」

何を、とは言わない。口にせずとも伝わっているから。エリオットは心配そうな表情で小さく頷いた。

「セシリア嬢の父君であるライルズ侯爵の強い押しがあったのは確かだが、ルイスももういい歳だからね。いつまでも独り身というわけにはいかない」

エリオットと二歳違いのルイスは、もう二十歳になる。イグノアース王国では十八で成人とみなされるのだが、貴族であればその前から婚約者がいることが多い。レベッカも十六歳でエリオットと婚約したし、その時のエリオットは今のルイスと同じ二十歳だった。

ルイスはいつ正式に婚約してもおかしくない状態だった――そんなことはとっくに理解していて、だからこそ早く彼を落とせるよう行動していたというのに。

『あたしね、彼と結婚することになったの』

思い出したくもないのに、勝手に頭の中で再生されてしまう。幸せそうな笑顔に、もう自分の気持ちの行き場がどこにもなくなったのだと突き付けられて――

「レベッカ！」

「っ」

突然、肩を掴《つか》まれて名前を呼ばれた。はっとして顔を上げると、目の前にエリオットがいる。

ああ、そうだ。ここは前世とは違う世界だ。今度こそ好きな人と幸せになりたい、そのためなら悪女にでも何にでもなってやろうと、そう思っていたではないか。

だが、嫌な記憶が足元から這い上がってきて恐ろしくてたまらない。ぐらりとまた視界が揺れた時、温かくて力強い腕に抱き締められた。

「無理をしなくて良い」

優しい声が耳元から心の中に入り込んでくる。気が付けば、レベッカはエリオットの背中に手を回し、泣いていた。

「申し訳ありません……。きちんとすべて、お話しいたします」

ひとしきりエリオットの胸で涙を流したレベッカは、目元を赤くしたままぽつりと口にした。

これから告げる突拍子もない前世の話にどんな顔をされるのか、少し恐ろしい。エリオットとの間には、アンナとのように長い時間をかけた信頼関係はないのだ。その一方で、彼には聞いてほしいとも思った。伝えなくても構わないかもしれないが、不誠実に接していた婚約者へ謝罪の意味も込めて誠意を示したい。

「私には、前世の記憶があります」

「……前世?」

「はい。レベッカ・ウォルターとして生まれる前の、もう一人の自分の記憶です」

そこまで伝え、エリオットの反応をじっと待った。馬鹿な話をするなと怒るだろうか、それとも頭でも打ったのかと嘲笑されるだろうか。しかし返ってきたのはどちらでもなく、冷たくなった指先を温かな手のひらで包まれる感覚だった。無意識に詰めていた息が、そっとこぼれる。

「続けて？　君のことをすべて知りたい」

「……はい」

頷き、呼吸を整えると、勇気を出して続ける。

「前世の私には幼馴染《おさななじみ》の男性がいたんです。ずっと、好きな人でした」

悪女としての仮面を脱ぎ捨て、素のままで告白する。

幼馴染《おさななじみ》を好きだったこと、しかし想いを伝える勇気はなかったこと、成長してから出会った女友達と三人でよく遊ぶようになったこと。そしてその子から幼馴染《おさななじみ》と結婚すると聞かされたことを。

「ショックで何もできないまま、私は事故で死んだんです。だから前世を思い出した時に、今度こそは絶対に好きな人を振り向かせると決めました。それこそどんな手を使っても、悪女になってでも」

「……大変だったね」

ぽつりぽつりと、思い浮かぶまま口にするレベッカの話を、エリオットは真剣に耳を傾けてくれた。話の腰を折ることもなく、ただずっとレベッカの手を握り締めて。

そうか、とレベッカはようやく気付いた。父にも言わなかった話をしたのは、エリオットなら信じてくれると思ったから。エリオットだから聞いてほしかったのだ。

レベッカは深く頭を下げた。

「これまで勝手な真似をして大変失礼いたしました。私の行動がエリオット殿下の婚約者として、次期国王陛下となられる方の伴侶として目に余るものであったことは自覚しています。婚約を破棄されてもおかしくないことも」

もちろん本当に婚約を破棄されても、自由の身になれたからとルイスにアプローチする気はない。ルイスの婚約は、自分の気持ちに区切りをつけるタイミングとしてちょうど良かった。

「レベッカはそれでもいいのかい？」

「はい。エリオット殿下も、ルイス殿下を追い掛けていたような女はお嫌でしょう？」

そうか、とエリオットが深く息を吐いた。

「でも、僕が好きになったのは今のレベッカだからね。むしろルイスを諦めてくれるなら、好都合だ。これからは僕の番だよ」

「……え？」

ぽかんと口が開いた。

エリオットは今、「好き」と言ったのだろうか。自分のことを？　これまで散々婚約者としてひどい振る舞いをしてきたというのに？

恋愛としてではなく人としてという意味だとしても、素直に受け取るのは難しいだろう。

そう思うのに、エリオットから目が離せない。

だが、エリオットの気持ちがどうしてだか嫌ではなかった。ついさっき抱き締められていた温もりが身体中に残っているからだろうか。

何も言えないレベッカに、エリオットが苦笑する。

「今度は少しだけ、僕の話を聞いてくれるかい？」

「あ……はい」

レベッカが頷くのを確認し、エリオットは大きな手できゅっと彼女の手を握り締めた。初めて見る緊張した表情に、レベッカもなんとなく背筋が伸びる。

エリオットは、覚悟を秘めた瞳でレベッカをまっすぐに見つめた。

「僕はね、このイグノアース王国の正当な王族の血筋ではないんだ」

突然投下された爆弾に、レベッカは瞬《まばた》きをする。

「正統な血筋ではない、とは……つまり、国王陛下と王妃殿下の子供ではない、ということですか？」

震えた声で尋ねるレベッカに、エリオットははっきりと頷く。

それが本当ならレベッカの前世どころではない、大スキャンダルだ。

イグノアース王国では血統を重んじる風潮が主流だ。前世の価値観を持っているレベッカには今更理解しきれないが、この国の貴族で自分と同じ考えの人を見つけるのは至難の業《わざ》だろう。

「正確には国王陛下である父上とは血の繋《つな》がりがあるけれど、王妃殿下とはないんだ。僕はね、王妃殿下が嫁いできた頃に父上が使用人との間に作った子供なんだよ」

「……っ」

「父上は、その使用人の女性と密かに愛し合っていた。けれど身分の差があるからね、正式な結婚はできなかった」

貴族ですら庶民の血が混ざることを嫌い、貴族間でしか結婚しないのだ。それが国王となれば、当人たちがどれだけ愛し合っていたとしても、周りが許さなかっただろう。

「父上はどうにかしようとしたらしいけれど、周囲の圧力をはねつけることはできなかった。結局エベール王国の姫であった王妃殿下を迎えることになったのだけど、その使用人が身籠ってしまったんだ」

何も言えないレベッカから視線を逸らし、エリオットはその琥珀色の瞳《アンバーアイ》を静かに伏せた。

「父上は使用人を本当に愛していたから、遠くに追いやることはできなくて。隠すように王城に置いて十月十日経ったある日、子供を産み落とした使用人は亡くなってしまった」

「そんな……っ」

「父上は最愛の女性を失ったことを悲しみ、代わりに産み落とされた子供を愛した。……他国から嫁いできた女性に、自分が産んだことにしてほしいと頼み込むほどにね」

「どうしてそんなことを」

「子供を殺させないためだ。国王の庶子だなんて、世間が認めないからね。使用人が生きていたらどうなったかは分からないが……そうしてこの国の第一王子は作られたんだよ」

そんな無茶な話があるだろうか。そんな環境の中でずっとエリオットは生きてきただなんて。

「エリオット殿下はいつそれを……？」

「僕が知ったのは子供の頃かな。王妃殿下は弟のルイスにばかり構って、僕には一切の興味がなかった。それで、父上に泣きついたんだ。その時に教えてもらったのだけれど……納得したよ。他国からわざわざ嫁いで来たのに、使用人が産んだ子供を押し付けられた上、その子が第一王子の座に収まっているんだからね」

なんでもないことのように小さく微笑むエリオットを見て、胸のあたりがきゅっと苦しくなった。本来は笑って話すようなことではない。それでもエリオットはそうするしかないのだ。怒っても腐ってもどうにもならない。心の中では色々な葛藤があるだろうに、彼はそれを表に出すことは決してしない。

……その心の内を見せられる人はいるのだろうか。ふと、そんなことが気になった。レベッカにはアンナや家族がいる。小さい頃から一緒にいて、どんな相談でもできる相手だ。

では、彼には？

「まぁ幸いにして僕は父上に似たからね。今まで誰にも疑われることなくやっているよ」

クリフォード国王は金の髪に琥珀色《アンバーアイ》の瞳だ。優しげな目鼻立ちも、エリオットは国王によく似ている。対してルイスの銀の髪はカンデラ王妃譲り。はっきりした顔立ちも王妃似だった。

レベッカも今この瞬間まで、王妃と血の繋《つな》がりがないなど想像すらしたことがなかった。

「……どうしてそんな大切な話を、私に？　もしかしたら私が誰かに話してしまうかもしれないのに」

「ただ聞いて……いや、知ってほしかった。君なら無闇に人に言うことはないと思ったし、万が一噂が広まっても構わないと思った。何より――」

エリオットの静かな琥珀色《アンバーアイ》の瞳に見つめられ、レベッカは動けなくなる。

頬を大きな手に包まれ、ゆっくりと近づいてくる唇の意味に気が付かないほど愚かではない。

「僕のすべてを知った上で、好きになってほしいんだ」

深い琥珀色《こはくいろ》がとろりと溶けたような気がした。溶けて、触れて、心の中に入ってくる。

初めて触れた唇はとても柔らかかった。

三、真実の恋

レベッカ・ウォルターの最初の印象は『人形』だった。何も主張できず、ただ人の言いなりになっているだけの操り人形。だが、エリオットとしてはそれで問題はなかった。

ウォルター公は、エリオットの出自を知っている数少ない人物だ。血筋が尊《とうと》ばれるこの国で、本来は自分のような混ざりものは王族からつまはじきにされるのが当然。

それでもエリオットが第一王子としてい続けられるのは、国王である父が今は亡き愛する女性の忘れ形見として、目をかけてくれたから。そしてウォルター公が自分の能力を認めてくれたからだ。

「……婚約、ですか？」

「ええ。娘であるレベッカと婚約し結婚すれば、エリオット殿下は私という後ろ盾を得られますし、悪い話ではないでしょう？」

「レベッカ嬢はウォルター公の一人娘ではありませんでしたか？　ゆくゆくは、跡継ぎとして婿を取るものだと思っておりましたが」

王城にあるエリオットの執務室で、ウォルター公は紅茶を飲みながら足を組んだ。筋肉質な身体付きは宰相には見えず、また成人間近の娘がいるなどとは思えない若々しさがある。しかし貫禄のある口元のヒゲからも分かるように、侮《あなど》れない人物だ。

「家のために婿を取るか、それとも王族へ嫁がせるか——どちらに利があるのかを考えた結果であると思ってくださって結構です。娘婿にしろ養子を取るにしろ、直系以外に爵位を継がせることに変わりはありませんからな。それに跡継ぎにはすでに優秀な甥がいますゆえ、問題にはなりませぬ」

なるほど、とエリオットは頷く。しかし、まだ確認しなければならないことがある。

「僕のような正統な王族ではない者に、大切なお嬢様を嫁がせてもいいと？」

「エリオット殿下」

ウォルター公が低い声で咎めるように言う。

「どこで誰が聞いているか分かりませんからな……その件は軽々しく口になさらぬよう。エリオット殿下はこの国の王太子となり、国王となられるのです。私はこの国の未来の国王へと、娘を嫁がせるのですよ」

それはつまり今後も一生、真実を告げることは許さないということだ。伴侶となる未来の王妃相手であったとしても。確かに秘密は知る者が増えれば、その分漏洩《ろうえい》する危険性も増える。エリオットがこの国で生きるためには、誰のどんな力でも利用しなければならないのだから。

「なぁに、娘は人前に出ることには向いておりませぬ。結婚しても殿下の今の生活にほとんど影響は与えませんから、そう仰々《ぎょうぎょう》しく考えないでいただきたい」

「……分かりました」

ウォルター公の言ったことはすぐに理解できた。婚約したにもかかわらず、レベッカと会う機会も手紙のやり取りをする回数も制限されている。ウォルター公が、娘であるレベッカを溺愛し、社交界にすら滅多に顔を出させないという噂は間違いではなかったらしい。

娘は繊細で控え目で臆病だから、求められない限りは無闇な連絡はしないでやっていただきたい——父親にそう言われていた婚約者は幻だったのだろうか。

ガゼボの陰に立つエリオットの視線の先には今、肌の露出が多いドレスを着て異母弟にしなだれかかっているレベッカがいる。

珍しく王城に来ているという報せを受けたが、ウォルター公でも自分でもなくルイスに会いに来たと聞き、ここまでやって来たのだ。人違いではないかと思っていたが、実際の光景に目を疑った。

「ルイス殿下、召し上がってみてくださる?」

そう言って、真っ赤な唇で妖艶に笑うレベッカ。元から顔の造作は良いと思っていたが、化粧を施《ほどこ》した今の彼女は毒々しくも美しく花開いた薔薇《ばら》のようだ。見る者を惑わせるような色香はこれまでの彼女からは想像もできない。

婚約披露パーティーや数少ない交流の時は、怯《おび》えた小動物のようだった。そんな彼女を傷つけないようにと殊更《ことさら》に気を使っていたのだが、こちらが本性だったのだろうか。

だが、ルイスの手を自《みずか》らの胸に導いたその腕が、わずかに震えているような気がした。

至近距離で会話をする二人に、このまま放っておくことはできないとエリオットはため息をつく。実態はどうあれ、エリオットと彼女は婚約しているのだ。誰が来るかも分からない場所でこんなことをされては外聞が悪い。

近くに待機させていた兵に合図を送り、声をかけさせた。去っていくルイスの背を見送るレベッカは、一人になると今までの強烈な印象をさっと消し去り、細い肩を落とす。

「焦りすぎたかな」

その一言で、彼女の本性に対する疑念は払拭された。力の抜けた肩と表情。それは毒花ではなく、ただの愛らしい女の子だ。彼女はこちらには気が付いていないようだが、見せる相手がいないのなら演技をする必要はない、ということか。

エリオットが姿を見せて会話をすると、その素直な反応の可愛らしさに強く興味を引かれた。気が付けばエリオットは彼女の手を取り、その滑らかな肌に唇を寄せていた。


「こんな早くに登城とは珍しいですね、ライルズ侯」

レベッカと話をした二日後の午前のこと。エリオットが馬車に乗ろうと歩いていた時、廊下の先にライルズ侯爵がいた。ルイスの婚約者候補の一人であるセシリア・ライルズの父親だ。何人もの使用人を引き連れ、でっぷりと突き出たお腹を仕立てだけは良い服に押し込んでいる彼は、似合ってもいないヒゲを撫でつけながら足を止める。

面倒な男を見つけてしまったな、という内心のため息を笑顔で覆い隠す。好きこのんで会話をしたい相手ではないが、顔を見てしまった以上無視することはできない。

「エリオット殿下こそお出掛けですかな？　しばらく視察の予定は入っていなかったと記憶していましたが」

「それはこちらの台詞《せりふ》ですね、ライルズ侯。国王陛下への謁見予定はありませんでしたが？」

茶番だと思いながらも質問し返す。どうせこの男の目的は、カンデラ王妃かルイスのどちらかだろう。ライルズ侯が『王妃派』であることは周知の事実だ。『国王派』と評されているウォルター公に対抗するように。

しかし家柄と能力とを兼ね備えたウォルター公に対し、ライルズ侯は由緒《ゆいしょ》ある血筋しか持ち合わせていない。

「殿下のお耳に入れる必要もない野暮用ですよ」

エリオットも興味はないので、それ以上は尋ねなかった。

ルイスの婚約者候補は何人かいるが、最有力候補はセシリアだ。もちろん王家に見合うだけの家柄という理由があるが、それ以上にこの男の熱心な売り込みによるものが大きい。

なにしろルイスの年齢に近い手駒として、他の子供とは随分と年の離れた末娘を仕込んだと言われているほどだ。噂でしかないが、この男ならばやりかねない。

「何をしている！　それは王妃殿下へ献上する貴重な織物なのだぞ!?」

不意に、ライルズ侯が引き連れていた使用人の一人へ大きな声を上げた。

どうやら、年若い男の使用人が貢物であった絨毯《じゅうたん》を落としてしまったらしい。真っ青な顔で絨毯《じゅうたん》を拾い上げた使用人へ、ライルズ侯は「もういい」と吐き捨てる。

「お前はクビだ。床へ落ちたものを王妃殿下へお渡しすることなどできん」

「そ、そんな……っ！　申し訳ございません！　どうかお考え直しをっ」

「平民の使用人風情が貴族である私に口をきけると思っておるのか！　厚かましい！　今すぐに消えろ！　その織物の代金はあとから請求するからなっ」

「っ……!?　と、とても私が払える金額では……っ！」

床に額《ひたい》を擦《こす》りつける使用人の男を、ライルズ侯は冷めた目で見下ろす。

「そんなものは私の知ったことではないわ。払えぬと言うのなら、その命であがなえば良い。まぁ安い平民の命などでは釣り合わんがな」

「ライルズ侯、そこまでの仕打ちは不要では？」

エリオットは見ていられずつい口を挟んでしまったが、ライルズ侯が一度口にしたことを取り下げる気がないのは分かっていた。

「エリオット殿下はお優しいですな。それとも平民に同情する理由でも……？　ああ、いや、失礼、今のは聞き流してくだされ。では私は急ぎますゆえ、これで」

そう言って下卑た笑いを隠すこともなく、ライルズ侯は無駄についた身体の肉を揺らしながら王妃の住まう塔へと向かっていった。

残された使用人は床に額《ひたい》をつけたままガタガタと震えている。

エリオットは小さく息を吐く。このような横暴は今に始まったことではない。多くの貴族にとって平民は虫けらと同じ程度の認識でしかないのだ。

エリオットは床に膝をついて、使用人の肩を叩いた。

「顔を上げるんだ。もうライルズ侯は行ったよ」

「エリオット殿下、わ……私は……」

ぎしぎしと音が鳴りそうな動きの青年の顔は、青を通り越してもはや白い。エリオットはできる限り穏やかに微笑み、彼が手にしていた絨毯《じゅうたん》にわずかについてしまった汚れを軽く払った。

「ミナスーラ王国の絨毯《じゅうたん》だね。質が良くて希少だから手に入れるのも難しい」

ミナスーラ王国にのみ生息する蟲《むし》の吐く糸で織られる布地は、他とは一線を画すほど高品質だ。精緻《せいち》で繊細な模様も他国には真似できない、最高級品。お金を出せば手に入れられるというものではないし、このように簡単に放棄できる品でもない。

「そんな品を……ああ、私はどうすれば」

「僕に買い取らせてくれないかな」

「……え？」

「そうだな、正規価格に少し色を付けて支払おう」

「な、なぜ……」

「一つは、恐らくライルズ侯は君に相場よりも高い金額を要求するだろうから。もう一つは、目の前の理不尽な出来事を見て見ぬ振りはできないからだ。これで君の『なぜ』の答えになるかな？」

瞬《まばた》きを繰り返す青年にそう伝え、エリオットは立ち上がった。ちょうど近くを通りかかった王城勤めの使用人を呼び止め、側近を呼び寄せる。涙を流しながらまたも額《ひたい》を床に付ける青年に、気にしないでほしいと言い残して、あとを側近に託した。

目の前の事態にどれだけ手を貸そうとも、しょせんは目先だけのことだ。この国の貴族たちの本質は変わらない。それを嘆いても、それこそ現実が改善されるわけでもない。

そのためにも力が欲しい。そう思うのは、やはり自分に流れる血が卑《いや》しいただの平民だからなのだろうか。


馬車に揺られながら、隣に座っていてもレベッカの静かな興奮が伝わってきて、思わずエリオットまで笑いそうになった。深い理由があったわけではなかったが、観劇に誘って良かった。朝のライルズ侯との一件でささくれだっていた心が凪《な》いでいく。

これまでは緊張で俯《うつむ》いた横顔しか見たことがなかったが、ほんのりと頬を紅潮させて口元を緩《ゆる》ませている彼女はとても好ましい。観劇中も、舞台よりつい彼女の方を眺めてしまった。

「楽しめたみたいだね」

「はい、とても」

無邪気に笑いながら大きく頷くレベッカは愛らしい。過去の大人しい雰囲気とも、ルイスに関しての強気な態度ともまた違う。素直な気持ちがそのまま表に出たような様子の彼女に、思わず目を奪われる。

本当に以前とはまるで別人だ。中身が誰かと入れ替わったのではないか——そんな現実味のない話をされても今なら信じるだろう。

それほどに彼女は『違う』。

何がどうしてここまで変わったのか。そんな疑問が胸に湧く。

「血筋も何も関係なく、自分の力で未来を切り開いていくという最後がとても良かったですわ」

エリオットを見て笑いながらはっきりと言い切った彼女に、一瞬頭が真っ白になった。どうにか平静を装《よそお》って会話を続けたが、何かに鷲掴《わしづか》みされたかのように心臓が大きな音を立てている。

彼女はエリオットの生まれを知らない。ウォルター公もエリオットにああ言ったからには、自《みずか》ら娘に明かすようなことはしないだろう。

だから自分に気を使った発言ではない。彼女が彼女自身の考えとして発した言葉だ。

この国の貴族は皆、血統を尊《とうと》ぶ。血筋というものが重要視され、貴族と平民は別種の生物だと考える者も珍しくない。平民であるというだけで下等だと言う者もいる。

だからこそ、エリオットの出自はなんとしても隠さねばならない。それは自分に付きまとう一生の秘密であり、欠陥だった。それを彼女は事もなげに「関係ない」と言い切ったのだ。さすがあのウォルター公の娘というだけある。

何かが生まれて溢れそうになったのを慌てて呑み込んだ。そうでもしないと、自分らしからぬ言葉が飛び出してしまいそうだったのだ。

何か他に話題を、と焦って発した言葉は愚策にも程があった。せっかくの二人きりの時間だったのに、どうしてわざわざルイスを思い出させるようなことを言ってしまったのか。

馬車の壁の方へと後ずさるレベッカは、先ほどまでとは違っていた。そわそわと泳がせた視線が、目の前にいる自分を見ていないという現実を突き付けてくる。

――僕を見てほしい。

初めての衝動が湧き上がる。

父親であるクリフォード王は自分を気にかけてはくれるが、それは今は亡き母を思うがゆえだ。カンデラ王妃は当然ながら自分を疎《うと》んでいるし、考え方が異なるルイスとは相容れない。ウォルター公がエリオットの血筋に目を瞑《つぶ》り支援してくれるのは、ルイスがあまりにも政治に向いていないせいだ。

誰も彼もエリオット自身を必要とはしていない。そしてそれは自分も同じことだ。自分自身を守るためには距離が必要だった。誰にも深く立ち入らず、踏み込ませず、という。

それは婚約者であっても同じこと。

ウォルター公が必要以上の接触を禁じてくれたのは、エリオットにとってもちょうど良かったのだ。レベッカの怯《おび》えた態度もまた、無理に距離を縮めることをためらわせた。

しかし、今はレベッカの瞳に自身が映っていないことがこんなにも物足りない。強引に近寄って艶《つや》やかな黒髪をすくい取った。彼女に触れているというだけで、どこかが満たされる気がする。だというのに、彼女はルイスへの気持ちを告げる。そんなことに不満を感じ、エリオットは自分でもどうかと思うような理由をつけて彼女の肌に唇を這わせた。

「そちらの案件に何か不備がございますか、殿下」

「あ、ああ……。いや、すまない。なんでもない」

側近に声をかけられ、エリオットはペンの動きが止まっていたことに気が付いた。ため息を呑み込んで手元の書類に意識を戻す。

気を抜くとすぐに思考が逸れてしまう。

先日この執務室で触れたレベッカの滑らかで柔らかい肌の記憶が、そこかしこに残っているせいだ。甘い声や頼りなく震える身体を味わったのは、馬車での行為に続いて二度目だった。

ルイスの話題ばかりを口にすることへの嫉妬。ふいに見せてくれた無邪気な笑顔。強烈に膨れ上がった、彼女に触れたいという気持ちを、「ルイスを誘惑したいなら、教えてあげようか」なんて強引な理由で行為に及んだ。

あの時は一線を越えてしまいたいという欲望を意志の力でねじ伏せたが、あのまま本能に任せていたらどうなっていただろうか。彼女の熱い中に自《みずか》らの想いを直接注ぎ込んでいれば……

「……殿下？」

名を呼ばれ、またも手が止まってしまっていたことに気が付く。小さく息を吐いて、椅子の背もたれに身体を預けた。

「君は確か結婚していたね？」

「……は、はい」

「どのような経緯で結婚したんだい？」

「は？　……あ、いえ、失礼いたしました」

エリオットの執務机の横に立っている側近は、今年で三十を越えたところだと記憶している。薄茶の髪に鋭さのある目をしていて、真面目で有能だという以外に今まで気に留めていなかったが、こんな顔をしていたのかと今更ながら認識する。

ずっと誰にも秘密を知られないようにと気を張っていた。それは相手が側近であろうとも、だ。雑談など交わしたこともないのだから、相手が驚くのも当然だろう。

「経緯、ですか。特別な事情はなく、親のすすめる相手と結婚いたしました」

「そうだよね、普通はそういうものだろうな」

この側近はウォルター公にこそ及ばないが、そこそこ力のある伯爵家の次男だ。継ぐ家を持たないならばと、エリオットがその腕を買って側近に取り立てた。

貴族であるのなら、親の決めた相手と結婚することはよくあることだ。

「それがどうかいたしましたか？」

「いや、なんでもない。大した話でもないから忘れてくれないかい？」

「……は」

頭を下げる彼に、何度目かも分からないため息を呑み込む。

親のすすめる相手と会い、結婚し、身体を重ねて子供を作る。エリオットも、同じような流れで新しい生活を始めるものだと思っていた。その予定は、婚約後も娘を家から出さないウォルター公の手によって、当初から雲行きが大分怪しかったのだが。

婚約しているとはいえ、まさか同意を得ずに相手の身体に触れてしまうとは。自分がそのような暴挙に出る日が来るとは驚きだった。そして一切の後悔をしていないことにも。

レベッカに触れて改めて分かったことがある。きっと自分は彼女を逃さない。たとえどんな手段を用《もち》いようとも、あのすべてが可愛らしく愛おしい存在は丸ごと自分のものにするだろう。

身体を使って誘惑するという選択肢を取ったのはレベッカだ。だから自分が同じ手を使おうと――

「……責められる謂《いわ》れなどない」

小さく呟《つぶや》いた言葉に首を傾げた側近に、エリオットは再びなんでもないと笑みを返した。

「無理をしなくて良い」

ルイスとセシリアの婚約話を聞いたレベッカを、エリオットは優しく抱き締める。すると、小さくすすり泣く声が聞こえてきた。震える細い肩、背中に頼りなく回された腕。きゅうっと服を掴《つか》まれているのが分かる。

自分の中の空っぽだった部分が満たされていく。この瞬間を待ち望んでいた。

本当に欲望のままに動く人間ならば、ルイスが婚約していようが結婚していようが関係なく奪えば良いと考えるだろう。しかし彼女はそれができない。

婚約したルイスを諦めるという選択肢を取らざるをえないだろう。他人を罠にはめて嘲笑することに何の心の痛みも感じない、そのような本物の悪人にはなれないのだ。

だからエリオットは、その時までルイスが手を出さないように邪魔をすれば良かった。それだけでレベッカの想いは断たれることを、最初から知っていたのだ。

柔らかな身体を抱き締めながら、エリオットは儚《はかな》げなその背を優しく撫でる。

やがて、すん、と小さく鼻をすすってレベッカが顔を上げた。涙に濡れて揺れる瞳に、ぞくりと身体の奥底が震える。

そうして、彼女が静かに語った話はにわかには信じがたい内容だった。レベッカがレベッカとして生まれる前の記憶、世界、生活。

幼馴染《おさななじみ》の男をずっと好いていたが、それを伝えることができなかったこと。友人から、幼馴染《おさななじみ》との子ができたので結婚すると聞かされたこと。

話しながらも当時の記憶に苛《さいな》まれているのか、時折言葉を詰まらせるその姿を見て、不思議と素直に受け入れられた。これがもし他の人間から聞かされたのであれば、荒唐《こうとう》無稽《むけい》な話だと呆れたことだろう。だが、あれほどまっすぐな彼女が、この場でそんな作り話をするはずがない。

むしろ突然彼女が変わってしまった理由について、何よりも納得できた。

「ショックで何もできないまま、私は事故で死んだんです。だから前世を思い出した時に、今度こそは絶対に好きな人を振り向かせるって決めました。それこそどんな手を使っても、悪女になってでも」

「……大変だったね」

レベッカの手を握り締めながら頷いた。エリオットがすべきなのはレベッカの発言を疑うことではない。その前世の幼馴染《おさななじみ》とやらに彼女が奪われずに済んだのを喜ぶことだけだ。

そんなことはおくびにも出さず、エリオットはただレベッカに寄りそうように頷く。

それからレベッカは深く頭を下げ謝罪した。続く言葉で自分との婚約解消を提案され、頭を抱えたくなる。

どうしてそのような結論になるのか。真面目でまっすぐなのはレベッカの魅力だが、過ぎれば欠点となる。周りの目を気にすることなくルイスへと突き進んだように、エリオットのもとへ戻ってきてくれれば良いのだ。

「でも、僕が好きになったのは今のレベッカだからね。むしろルイスを諦めてくれるなら、好都合だ。これからは僕の番だよ」

「……え？」

エリオットの告白に、レベッカはぽかんと口を開いた。強い視線で淫靡《いんび》に微笑む彼女も悪くないが、素の表情は愛らしい。腹の底に湧いた怒りが一瞬で静まる。

ルイスの件は片がついたことで、もう自分の想いも隠す必要はない。今度はルイスのことなど考える余裕すらなくなるほど、彼女の頭の中を自分でいっぱいにすればいい。

レベッカの瞳を見つめながら、エリオットは自身の出生の秘密を打ち明けた。

彼女は不用意に誰かに話すようなことはしないだろう。他の貴族連中のように、それだけでエリオットを軽視するようなこともないはずだ。

そうは分かっていても、生まれてからずっと抱えていた秘密を明かすのはいつにない緊張を強い《し》られた。何度も探るようにレベッカを見ながらも、笑顔を崩さないように気を付ける。

安い同情はいらない。レベッカが内情をより深く想像し、エリオットのことを考えるように、少しずつ餌を撒《ま》くように話す。

レベッカは相槌《あいづち》を打ちながら眉間に皺《しわ》を寄せていた。関係ないのに、自分のことのようにエリオットの話を聞いて悲しんでいる。

そう、それでいい。レベッカの気を引くためならば、自分の生い立ちですら利用してやろう。

「……どうしてそんな大切な話を、私に？　もしかしたら私が誰かに話してしまうかもしれないのに」

「ただ聞いて……いや、知ってほしかった。君なら無闇に人に言うことはないと思ったし、万が一噂が広まっても構わないと思った。何より――」

こう言えば、優しい彼女はこの話を誰にも言えなくなる。

涙の乾いた瞳をまっすぐに見つめながら、すべらかな頬を包む。その表情に忌避の色がないのを確認して、ゆっくりと顔を寄せた。

「僕のすべてを知った上で、君に好きになってほしいんだ」

エリオットのその言葉に嘘はなかった。

柔らかなキスをしてレベッカの顔を見つめると、彼女は勢いよく目を逸らした。あ、や、その……、といった言葉を口にするが、そのあとが続かない。耳まで赤くなっており、戸惑っているのが手に取るように伝わってきた。

数か月前までの、下手に声をかけると逃げてしまいそうな怯《おび》えた様子でもなく、真っ赤なリップで武装したように勝気な表情でもない。自然体な可愛らしさ。ぎゅっと心臓を掴《つか》まれたような錯覚に陥《おちい》り、くらりと目眩《めまい》がした。

彼女の見せる表情のすべてが、エリオットの心に直接響いてくる。

欲しいと強く思った。彼女からの関心が、気持ちが、存在も何もかもが。

ルイスをはじめ他の誰にも渡したくない。レベッカの瞳に映り、笑いかけるのは自分だけにしてほしい。

いっそのこと、このままソファに押し倒し、すべてを奪ってしまおうか。イグノアース王国は婚前の性交渉にはある程度寛容だ。その一方で、姦通《かんつう》には厳しい。レベッカがルイスに色仕掛けをするのもそこが狙いだったのだろう。

エリオットとレベッカは婚約者とはいえ、未だに身体の関係はない。王族との婚約解消など普通はできないが、エリオットより前にルイスと繋《つな》がればその限りではない。

それはつまり、レベッカと強引にでも関係を持ってしまえば、婚約関係はゆるぎないものとなるということだ。

そこまで考え、独りよがりで浅はかな思考に耽《ふけ》った自分を嗤《わら》った。

今までも奪おうと思えば奪える機会はあった。そうしなかったのはレベッカの心が欲しかったからだ。

それに、自分に流れる血のことを秘めたままで本当の関係を築けるわけがないと、最後の一歩を踏み出せなかったが、やっと伝えることができた。ここですべてを台無しにするわけにはいかない。

力ずくで事に及ぶのは最後の手段だ。

ルイスにばかり向けられていた視線を少しでも自分に向けることはできるのか、それともやはり庶子などありえないと切り捨てられるのか――

願わくば前者であるよう、エリオットは華奢《きゃしゃ》な身体をそっと抱き締めた。

◇　◇　◇

「それでレベッカ様、ルイス様のことはどうするのですか？」

「え？」

鏡の中で、レベッカは髪を梳《す》かれながら吊り気味の目を丸くした。キツそうな印象がそれだけでほんの少しマシになった気がするが、今はそれどころではない。

私室でアンナに問いかけられたレベッカは眉を下げた。

「……どうしよう」

ルイスの婚約を知った日からすでに一か月が経過している。それはすなわち、エリオットと唇を触れ合わせた日からも同じだけ時間が経っているということだ。

あの日以来、レベッカは王城には行っていない。エリオットから何度か様子を尋ねる手紙が届いたが、それも返事ができていない状態だ。

ルイスは正式にセシリアと婚約し、明日は婚約披露パーティーが開かれる。その準備の期間を考えると、レベッカの耳に入ったのがたまたまあのタイミングだったというだけで、実際にはもっと早くに二人の婚約は決まっていたのだろう。

今更邪魔をするつもりはない――それよりも、最近のレベッカはおかしいのだ。

ついこの間まで、考えるのはルイスのことばかりだったのに、最近はエリオットの顔の方が脳裏にちらつく。それも、身体に触れられた強烈な記憶ではない。泣いているレベッカを優しく抱き締めてくれた体温や、前世の話を聞いていた時のまっすぐな眼差し、自身の出生について話していた際の何かを諦めたような表情、果てには仕事をしている際の真剣な横顔までが頭に浮かぶ。

『レベッカ』

低く落ち着いた、どこか甘い声音に呼ばれると、自分の名前が特別になったような錯覚に陥《おちい》る。

「私……最近はエリオット殿下のことばかり考えてしまうの」

今度はアンナの目が丸くなる番だった。

それも当然だ。レベッカ自身も自分の変化に戸惑っているのだから。

もちろん、ルイスやセシリアに対して何も感じないといったら嘘になる。前世での辛い気持ちや、今度こそ好きな人と結ばれるという決意が消えたわけでもない。ただ、それがどうも、ルイスに対して向かわなくなっているのだ。

「……ショックで現実を認識できていない、というわけではないですよね？」

「そんなつもりはないけれど」

黒髪を艶《つや》が出るほど丁寧に梳《す》いたアンナが、器用な指先で結い上げる。さらさらでまっすぐな髪質は下ろしているだけなら問題ないが、結ぶとなると扱いづらいだろうに、アンナは手際良くいつもレベッカの髪を華やかに仕上げてくれる。

「では、ルイス様の婚約披露パーティーは出席されますか？」

鏡台の前に置かれた手紙をちらりと見る。それは王城で開かれるルイスの婚約披露パーティーの招待状だ。もちろん、エリオットの婚約者として招待されている。

これまでもエリオットのパートナーとして社交の場に招待されたことはあるが、目立つ彼の横に並ぶなどとんでもないと、体調不良を言い訳に断っていた。今もためらう気持ちはあるが、前世を思い出す前とは異なる悩みだ。

キスをしてしまったエリオットの隣にどんな顔をして立っていればいいのか——レベッカの頭はそのことで精いっぱいだった。

しかし悩もうとどうしようと、明日は来てしまう。レベッカはどうにでもなれと心を決めた。


「レベッカ、ギリギリだったね。迎えに行こうと思っていたところだったよ」

王城の控室に着くなり、エリオットは笑顔で出迎えてくれた。

白を基調とした盛装は柔らかいエリオットの雰囲気にとても似合っている。顔が良いことは前から知っているが、今日はそれ以上にキラキラとしているように感じて心臓が跳ねた。妙に輝いて見えるのは装飾品のせいだと思いたい。

「遅くなってしまい失礼いたしました」

気を取り直して、レベッカはスカートを摘《つま》み謝罪した。

このような正式なパーティーでは、王族やその婚約者にはそれぞれに専用の控室が用意される。

どうせなら一人一部屋用意してくれればいいのだが、夫婦や婚約者同士は同室と決まっているため、レベッカはあえて時間ギリギリに着くようにしたのだ。

理由は簡単で、エリオットと二人きりが耐えられないだろうと思ったから。その予想は当たっており、すでに彼の顔をきちんと見ることができない。

一か月も経ち、充分すぎるほど心の準備をしたはず。しかし実際に対面すると顔が熱くなってしまうし、ずっと心臓がうるさい。自分の身体は一体どうしてしまったのだろう。

エリオットは長い足で近寄ってくると、流れるような仕草でレベッカの手を取った。柔らかい唇が、手の甲に音を立てて触れる。

「今日のレベッカはいつにも増して美しいね」

「っ」

恥ずかしさに肩が揺れたのは伝わってしまっただろうか。

今日のレベッカは真っ赤なマーメイドドレスだ。胸と背中が開いている、身体のラインに沿ったデザインだが、高級で光沢のある生地のため上品に見える。スカートは太もものあたりから幾重《いくえ》ものフリルが広がっていて、派手さも充分だ。

メイクは、アンナが「パーティーの主役はセシリア様かもしれませんが、相手が相手ですからね！　主役を食ってしまっても悪いことなんてありませんよ！」と気合を入れて完璧に仕上げてくれた。前世の自分からしたら信じられないほど、『絶世の美女』や『悪女』という言葉がよく似合う。前は外見を褒められてもお世辞としか思えなかったが、今は自然に受け入れられる。

レベッカはほんの少し呼吸を整え、にこりと微笑んだ。

「ありがとうございます。エリオット殿下もとても素敵です」

「そうかな、ありがとう。レベッカにそう言ってもらえると嬉しいよ」

褒め合うのはどこかくすぐったく、見つめ合ったあとに二人して笑い出す。些細《ささい》なことではあったけれど、ふっと肩の力が抜けた気がした。

二人でいて穏やかな気持ちになれるのが不思議でくすぐったい。数か月前までの緊張感もなく、少し前のように腹の探り合いもない。親族でもない異性と一緒にいる空間が心地よいのは初めてだ。ルイスの婚約披露の場に出席することに少しの不安もなかったのかといえば、嘘になる。胸がちくちくとした痛みを訴えているが、思ったよりはひどくない。大勢の人の前に出るという気負いも、いつも堂々としているエリオットとならば問題ないと思えた。

時間になったと案内が来たので、エスコートされながら廊下を歩く。他の招待客はすでに会場に揃っているだろう。このあとはエリオットとレベッカ、国王陛下夫妻、最後に今日の主役のルイスとセシリアが入場する。

会場に入ると、ザワッと空気が揺れた。

「……なに？」

会場にいる招待客の目線がこちらを向いている。多くの男性が口をぽかんと開ける中、女性たちはみな囁《ささや》き合っていた。

「皆、レベッカの美しさに驚いているんだよ」

隣に立つエリオットが小さな声で教えてくれるが、本当だろうか。エリオットの格好良さに見惚れているのではなく？

しかしすぐに、あることに気付いた。

レベッカがエリオットのパートナーとして人前に出たのは、自分たちの婚約披露パーティーの一度きり。気が弱くて挨拶《あいさつ》すらろくにできず、常に人の顔色を窺《うかが》っていた頃の自分だ。あの頃は大きな胸が恥ずかしくて、ドレスは極力肌を出さないものばかりを着ており、背筋を丸くして姿勢も悪かった。

なるほど、自分の変化に驚かれているのか。非難されているわけではないと知り、嫌な気分がなくなる。人の注目を集めるのが恐怖に近かった以前に比べ、外見への自信がエネルギーを生み出したらしい。

ルイスへの熱意は落ち着いたが、『悪女になってでも幸せになる』という決意は変わらない。

レベッカは姿勢を正して余裕たっぷりの笑みを浮かべ、エリオットのエスコートを受けた。

「……女性の変化はすごいな」

「え？」

「いや、なんでもない」

ふわりと微笑んだエリオットが何かを呟《つぶや》くが、小さな声で聞き取りづらかった。再度問いかける前に、後ろから声をかけられる。

「やぁ、素晴らしいドレスだね、レベッカ嬢」

「国王陛下、王妃殿下。この度はルイス殿下のご婚約、誠におめでとうございます」

レベッカは、自分たちのあとに入ってきた国王夫妻へ型通りのお祝いの言葉を口にする。

クリフォード国王はすらりとした細身の男性で、柔和な顔立ちだ。レベッカの父がとても男性的であるのとは対照で、中性的に近い。

カンデラ王妃は歳を重ねても美しさを損なうことなく、凛《りん》とした姿で国王陛下と並んでいる。青い瞳と切れ長の目の組み合わせは、人に厳しい印象を与えるだろう。

エリオットの出生の話を聞いてから二人を見ると、なるほどと思った。エリオットの金の髪と琥珀色の瞳《アンバーアイ》、優しい印象の目元。どれも国王にそっくりだ。そしてルイスの銀の髪とはっきりとした目鼻立ちは、まさに王妃似だった。二人とも国王夫妻の子であると、誰もが疑わないだろう。

しかし真実を知ってしまった今は違う。王妃は国王を立てているが、エリオットには見向きもせず、言葉をかけることもない。明らかに態度のおかしい王妃と、それに気が付かないはずはないのに、何事もないかのように笑いながら話す国王。

仕方のない関係なのかもしれないが、エリオットはずっとこの環境で育ってきたのだ。

レベッカが胸のあたりを押さえた時、音楽と共にルイスとセシリアの入室が知らされた。

ホールの扉から二人が現れると、小さなざわめきが広がる。

「ルイス……っ」

エリオットが焦ったように小さく呟《つぶや》く。レベッカも思わず眉間に皺《しわ》を寄せてしまった。

原因はルイスの格好だ。服装は悪くない。黒を基調とした盛装は、銀髪のルイスに映えてとてもよく似合っている。けれど式典服はかっちりと着ることを前提に作られている。それが一番見栄えが良いのだが、ルイスは襟元のボタンを二つも外しており、だらしなく見えるほどだった。

セシリアは淡いピンクのドレスを華やかに着こなしてはいるけれど、どことなく顔が引きつっている。

「身支度に不備があったのでしょうか」

仕立ての段階でサイズに間違いでもあったのだろうか。レベッカはそう口にしたが、エリオットが首を振った。

「いや……ルイスが勝手にしたんだろう」

「そんな――」

「エリオット殿下、レベッカ様、この度はルイス殿下のご婚約おめでとうございます」

そんなことがあるだろうかと問いかけようとしたものの、近くにいた招待客に声をかけられ、レベッカは口をつぐんだ。そつなく応対するエリオットに合わせ、慌てて表情を取り繕《つくろ》う。

少し前であればこの場にいるだけでも苦痛だったはずなのに、不思議なほど心が落ち着いていた。ルイスの隣に当然のような顔をしてセシリアが並んでいるのを見ても、辛さや焦燥感のようなものがない。そもそもルイスを目にした時に感じていた、浮き立つような感覚が以前に比べて薄いのだ。

それよりも、とレベッカは横目でエリオットを見る。明るい光に照らされているせいか余計に眩《まぶ》しく見えて、そっと視線を外した。頬が熱いのは会場内の熱気のせいだろうか。

「どうかした？」

「いえ、なんでもありません」

ふぅ、という小さな吐息に気付いたエリオットに、会話の合間に声をかけられた。レベッカが小さく首を振ると、給仕から受け取ったグラスを手渡される。冷たく甘いぶどうジュースだった。レベッカはアルコールが苦手だということをどこかで知り、わざわざ用意してくれたのだろう。細かな配慮一つ一つを嬉しく感じる。

「ありがとうございます」

「もう少し付き合ってね」

「もちろんです」

今日のレベッカの役目は、エリオットの婚約者として隣にいることなのだから。

何はともあれ、パーティーはつつがなく進んでいるように見えた。

ただ、なぜかエリオットとレベッカが次から次へと人に囲まれてしまっているせいで、周りの様子が分かりづらい。確かにエリオットは格好良く人当たりもいいため、このような社交の場で中心にいるのは当然のことだろう。しかし、これまで空気のような存在だったレベッカにまで話し掛けてくる人が多く、息をつく暇もない。

今日の主役はルイスとセシリアなのではなかっただろうか。自分たちの婚約披露パーティーの時よりもすごい気がする。

会話のしすぎで酸欠になってしまいそうな頃に、エリオットがふと周りを見回した。

「ルイスたちがいないね」

「え？」

そう言われて取り囲んでいる人たちの隙間から会場を見たが、確かにルイスもセシリアも見つからなかった。主役の二人が揃っていなくなるなんて、何かあったのだろうか。特に予定があるとは聞いていなかったが。

「何かあったのかな」

心配そうな表情のエリオットを見る限り、彼にも心当たりがないらしい。ならばと、そっと彼へ耳打ちする。

「でしたら、わたくしがお化粧を直すついでに探してきますわ」

「いや、僕も一緒に行くよ。おいでレベッカ」

「はい」

取り囲んでいた人たちににこやかに挨拶《あいさつ》して、エリオットと共に輪の中から脱出した。その足で促《うなが》されるまま会場を出て、ほっと一息つく。

「お疲れ様」

「なんだか今日はすごく疲れた気がします」

「そりゃあね。皆、君の美しさに魅了されているんだ」

「ありがとうございます」

社交辞令だと思い、そつのない笑顔でお礼を伝えると、エリオットが小さく肩をすくめた。

「信じていないのかい？　確かに今日の主役はルイスとセシリアだけれど、一番注目されているのは間違いなく君だよ、レベッカ」

「そんな、まさか」

確かに美人ではあるが、しょせん悪女顔だ。魔法でも使えれば魅了されたという言葉も納得できるが、あいにくそんな能力はない。

そんな風に廊下をゆっくりと歩きながら話していると、角の向こうから高い声が聞こえてきた。

「ほんとに、ありえないんですけどぉ！　なんで私よりあんな女が注目されてるの⁉」

「面倒がなくていいじゃねぇか。あんな上《うわ》っ面《つら》だけのつまんない話の相手なんか、エリオットに任せておけばいいんだよ」

「ルイス様もルイス様ですぅっ。服くらいきちんと着てください！」

「俺は首元がキツイのは嫌なんだ。文句ならこんな服にしたやつらに言え」

声の正体は見なくても分かった。どうやらセシリアは、ルイス相手に猫をかぶるのはやめたらしい。

なんだか立ち聞きをしてしまったようで気まずい。

そう思ったのはどうやらレベッカだけだったようで、エリオットはあっさりと角を曲がって二人の前に姿を現した。エスコートされていたため、レベッカも一緒だ。

「こんなところでする会話じゃないよ、二人とも。どこで誰が聞いているか分からないのだから」

エリオットが忠告すると、振り返ったルイスが眉間に深く皺《しわ》を寄せた。

「……エリオット」

「レベッカ様？」

つられるようにセシリアもこちらを振り返り睨《にら》みつけてくる。そして、ぷっくりしたピンク色の可愛らしい唇を歪《ゆが》める。

「レベッカ様は誰彼構わず誘惑するのにお忙しいのかと思っていましたが、広間にいなくていいのですかぁ？」

いつもの調子のセシリアだったが、レベッカはふと思った。彼女と対立する必要はもうない。ルイスを巡る争いには負けた形になるが、隣にエリオットがいてくれるおかげか驚くほど気にならなかった。

何やら主役二人で言い争いをしていたようだが、それも二人の問題だ。第三者が口をはさむことではないだろう。

そう思いつつ、だが売られた喧嘩《けんか》をそのままにするわけにもいかないと、レベッカはわざとらしく首を傾げた。

「皆様と挨拶《あいさつ》をしていただけですが、誘惑していたように見えたとは驚きましたわ。セシリア様と違って、隠しようのない女性としての魅力があるものだから、そう誤解されてしまうのね」

レベッカは悩ましげにため息をつきながら、エリオットに身を寄せた。すると彼の腕に当たったた胸がたゆんと揺れてその存在を主張する。

するとセシリアは、今日もレースとフリルで誤魔化している自身の胸をちらりと見てから、目を逸らした。

「そうやってみだりに肌を露出するなんて、男を誘うのに必死で笑えてしまうわぁ。ルイス殿下にも相手をしてもらえなかったことには同情しますが。ねえ、ルイス様ぁ？」

「女の争いに俺を巻き込むな」

セシリアに話し掛けられ、ルイスが大きなため息をついた。気怠《けだる》そうに襟元を引っ張る仕草に、レベッカの中の何かが引っかかる。

「けれどルイス殿下も、レベッカ様の気持ちには気が付いていたでしょう？」

力の抜けた琥珀色《アンバーアイ》の瞳がレベッカを見る。以前であれば心臓が跳ねて嬉しくなったのに、今の自分は冷静だ。

すると、なぜかエリオットの腕がぴくりと反応した。

「ルイス、やめるんだ」

「ああ、もう面倒くせぇ」

エリオットの制止が聞こえていないかのように、ルイスは心底どうでも良さそうに言う。その言葉を聞いて、レベッカは気付いた。

二年前に二人きりの中庭で聞いた、「相手が俺だったら良かったのにな」という言葉。あの時も今と同じトーンだった。思ったことをそのまま口にしただけのような。

「婚約者が誰だろうと俺には関係ないし、興味もない。お前らが喧嘩《けんか》しようとどうでもいいから、俺のいないところでやってくれ」

自分のことのはずなのに、まったくの他人事のように聞こえる。王族であれば、自身の結婚が周囲にどれだけの影響を及ぼすのか知らないはずがない。しかしルイスの言葉には、王族であるから己《おのれ》の気持ちだけではどうにもならないというような諦めとは違い、一切の興味がないという無関心さが感じられた。

レベッカは隣に立つエリオットをちらりと見る。

生まれによる逆境に負けまいと、常に前を向き努力し続ける人だ。そして、辛さを表に出すこともなく、完璧だと評されるほど自分を律している人。半分とはいえ血は繋《つな》がっているはずなのに、こうも違うのか。

自分が今まで何も見えていなかったことが恥ずかしくなる。

「ご安心くださいませ、セシリア様。わたくしがルイス殿下をお誘いすることは今後ありませんので」

「あらぁ、それは負けを認めるということかしら？」

「そう捉《とら》えてくださっても構いませんわ。わたくしはもっと素敵な男性がすぐ近くにいることに気が付きましたの」

レベッカがエリオットにしなだれかかると、心得たように腰に腕が回された。

「女の悦《よろこ》びは素敵な男性に愛されることですものね」

「その素敵な男性というのが、エリオット殿下だって言うんですかぁ？」

くすくすと笑うセシリアに、レベッカは余裕たっぷりに微笑んだ。

「セシリア様にとってはルイス殿下の方が魅力的なのね」

「当たり前ですぅ」

「そう」

当のルイスはというと、興味なさそうにポケットに手を入れて立っているだけだ。本当に自分の婚約者が誰になろうと構わないらしい。

その姿に、これまでの自分の愚かさを悟った。恋は盲目とはよく言ったものだ。ルイスの自由さに憧れた。貴族社会の中で王族という立場でありながら自分というものを失わない強さに惹かれたのだ。しかしそれは間違いだったらしい。ルイスは自由なのではなく、無責任なのだ。

セシリアがルイスとの婚約を喜ばしいと受け止めているのならばそれは構わない。もうレベッカには関係のないことだ。自然とそう思えることが、この一か月の間の心境の変化によるものだと、レベッカ自身も理解していた。

「ルイス殿下、ここにいらっしゃったのですね」

第三者の声に振り返ると、衛兵が二人立っていた。エリオットとレベッカに気が付き、改めて敬礼をされる。

「どうかしたのかい?」

「国王陛下と王妃殿下が、ルイス殿下とセシリア様をお呼びになっておられます」

エリオットの問いかけに衛兵が答える。

どうやら大広間に主役がいないことに気が付いたのは、エリオットとレベッカだけではなかったようだ。

「……ちっ」

ルイスは面倒くさいという態度を前面に出すものの、両親である国王夫妻の呼び出しを無視することはできなかったらしい。衛兵と共にしぶしぶといった様子で会場へと向かう。ルイスの隣を歩きながら、セシリアがこちらを振り返り勝ち誇ったような笑みを浮かべた。

以前ならば嫌味の一つでも投げていたが、今はそんな気にもならないほどセシリアの言動にカチンとこない。

「少し歩かないかい？」

「はい」

レベッカはエリオットを見上げ、心に温かいものが満ちるのを自覚する。

二人でゆっくりと中庭まで歩いた。大広間のきらびやかな喧噪と異なり、月明かりのみの静かな場所だ。少し離れたところにある噴水の音だけが微かに聞こえる。

自分は婚約披露の場から抜け出す運命にでもあるのだろうかと、少しおかしくなった。しかしあの日とは異なり、気分はとても晴れやかだ。

「レベッカ」

名前を呼ばれて足を止めると、これまで黙っていたエリオットが正面に立ち頭を下げた。

「すまなかった」

「どうしてエリオット殿下が謝るんですか？」

金色の頭を見下ろし、レベッカはふと気が付いた。

「ルイス殿下の本性を知っていたんですね？」

顔を上げたエリオットが頷く。

「……ルイスがレベッカに興味がないことは、薄々。あいつは小さな頃から甘やかされていたし面倒事を嫌うから、僕の婚約者に手を出すことはしないだろうな、と」

すまない、とまた頭を下げられる。エリオットが悪いわけではないのだから、そんな風に申し訳なく思ってもらう必要などない。

「気にしないでください。事前に教えられていたとしても、私がエリオット殿下の話を信じた保証もないですし」

「それはそうかもしれないが……」

僕は、とエリオットが続ける。

「ルイスのことを君に話して、信じてもらえずに嫌われることを避けたんだ。そしてこうして謝罪すれば、優しい君は僕を許すしかないことも計算している。……嫌われて当然だな」

エリオットの言葉に、レベッカは首を傾げた。

「私はエリオット殿下を嫌いになどなっていませんが」

「慰めは無用だよ」

「慰めではありません。……なぜそのような誤解を？」

元々は好きでも嫌いでもない間柄であり、記憶を取り戻してからは厄介だと思ってはいたが、嫌いになったことは一度もない。

「……出自を話して以来、僕を避けていただろう。あそこまであからさまなんだ、察するなという方が難しい」

「え……」

言われてみれば、話を聞いて以来、今日まで連絡をしていなかった。自分の気持ちの変化についていくのが精いっぱいで、相手に誤解させていたことにすら気が付かなかったとは。

ということは、今日レベッカがエリオットにどきどきしていた間、彼は傷つきながらもそつのない婚約者として振る舞っていたということなのだろうか。

「違います！　避けてしまっていたことは確かですが、それはエリオット殿下のお話を聞いたせいではなく……っ」

「だったらどういう理由だと言い訳するつもり？」

エリオットはレベッカの言うことを信じていない。きゅっと両手を握り締めてレベッカは口を開いた。

「私はルイス殿下を好きでした」

「……知っているよ」

「けれどそれは過去の話です。ルイス殿下のことをよく知らず、エリオット殿下のことも全く知らなかったからです」

「……」

暗い中庭にはレベッカたち二人しかいない。静かな空間でお互いの息づかいまで聞こえて、より緊張してしまう。

「今の私は自分でも驚くほど、ルイス殿下のことで傷ついていません」

「それは嘘だろう。ルイスとセシリア嬢の婚約の話を聞いた時には、あんなにも取り乱して泣いていたじゃないか」

「あれは前世の失恋の場面と重ねてショックを受けただけです。あの日の夜から私の頭はある人でいっぱいでした」

そう、本当に今、レベッカの心には一人しかいない。

「……それが誰なのかを聞いても？」

レベッカがエリオットをじっと見つめる。

「話の流れで分かっていますよね？」

「誤解や思い込みではないと、きちんと知りたいだけだ」

「その前に教えてください。私を好きと言ってくださった言葉は本当ですか？」

「もちろん、何も嘘はない。僕はレベッカを好きだよ」

改めて伝えてくれたあの日と同じ言葉が、胸を満たしていく。

「僕にはレベッカだけが特別なように、レベッカにも僕だけを特別だと思ってほしい」

この人が何を考えているのかずっと分からなかった。何度もルイスへのアプローチの邪魔をされ、厄介だと思っていた。しかしきちんと話をしてみると思っていたよりも親しみやすく、可愛らしい一面もあることを知った。

わけの分からないまま身体に触れられて驚いたけれど、嫌な気持ちには全然ならなかった。ただ気持ち良く、それが恥ずかしくてたまらなくて。

レベッカの中のエリオットは肩書だけの婚約者ではなく、一人の男の人になった。ルイスの存在が小さくなり、エリオットのことを考える時間が増えた。ルイスの本当の姿に気付くことができたのも、いつの間にかレベッカの心の中がエリオットでいっぱいになっていたからだ。エリオットに抱き締めてもらったことを思い出す。前世のトラウマに涙を流す自分に、何も聞かずにただ優しく寄り添ってくれた。そしてレベッカの話を信じ、秘密を打ち明け、優しくて甘いキスをしてくれた。

あのキスでレベッカの気持ちは完全にエリオットの方へ向いたのだ。

見上げると、そっと微笑んだエリオットの金の髪が風に揺れる。深い琥珀色の瞳《アンバーアイ》がまっすぐにレベッカを見つめている。

ゆっくりと息を吸う。改まって口にするのは恥ずかしいが、前世を思い出した時に決意したのだ。自分の気持ちに素直に、後悔しないよう行動することを。

「私もエリオット殿下のことが好きです」

手を引かれながら廊下を進む。レベッカに合わせてゆっくり歩いてくれているが、エリオットの気が急《せ》いているのは伝わってきた。

「どこへ行くのですか？　会場に戻らないと」

婚約披露パーティーの会場である城の大広間から、どんどん離れている。どうやら王族のプライベートエリアに向かっているようだ。

「今日の僕らは主役じゃないからね、いなくなっても問題ないよ」

そうだろうか。エリオットと話をしたがっている者がまだ大勢いたようだが。

しかし、つい先ほど揉めたばかりの二人とまた顔を合わせたいとも思えず、もう少しくらい構わないだろうとレベッカは大人しくついていく。

人手はパーティーの方に割かれているのだろう。いつもであれば、廊下を歩いていると文官や使用人など城で働く者とよくすれ違うが、中庭同様今日はとても静かだ。

連れていかれた先がエリオットの寝室だと気付いたのは、中に入ってからだった。広い部屋の真ん中に大きく豪奢《ごうしゃ》なベッドがあるだけで、他にはチェストが一つしかない。執務室と異なり、すっきりとしすぎていてどこか寒々しい。

まるで誰にも気を許していないエリオットの内面を表しているようで、思わず繋《つな》いでいた手をきゅっと握り締めた。

「こちらへ」

エリオットに促《うなが》されたが、告白してすぐに最もプライベートな空間に足を踏み入れていることになんだか緊張してしまう。

「あ、あの」

「ん？」

「どうしてここへ……え？」

話をするのなら執務室でもできるし、王族であれば応接セットのある私室を持っているだろう。

そう言おうとすると、急に抱き上げられた。そのまま運ばれ、なぜかベッドに下ろされる。シーツからは洗いたての石鹸《せっけん》の香りとエリオット自身の香りがして、顔が熱くなった。わずかな音と共に顔のすぐ横に手が突かれて見上げると、そこにはエリオットの端整な顔。

これはもしかして、押し倒されているのだろうか。

「エリオット殿下。あのですね、これはよろしくないと言いますか」

「何がよろしくないのかな？」

「今のこの状況です。こんなところを誰かに見られたら誤解されてしまいますっ」

「レベッカは面白いことを言うね。僕らは婚約者なのだから、誤解も何もないよ」

「そ、それはそうかもしれませんが……」

おでこにかかっていた前髪をさらりとかき上げられた。覚悟をする時間を与えられる間もなく、ちゅっと音を立ててそこにキスをされる。

「僕の寝室に勝手に入ることができるのは国王陛下くらいだけど、今はパーティーに出ているのだから、この部屋に来ることはない」

「そうかもしれませんけどっ」

レベッカが反論しようとすると、今度は頬にキスをされた。

「想いを確認し合った婚約者なのに、何か問題があるかな？」

「て、展開が早すぎると思います」

エリオットの言葉を聞いて、やはりそのような意図なのだと察した。

長い間婚約者という間柄ではあったが、気持ちが通じ合ったのはつい数分前だというのに。

音を発することができず、ぱくぱくと動くレベッカの唇をエリオットは指先でなぞる。

「早いことはないさ。僕はもう充分我慢したし……何より、今ここでレベッカを僕のものにしておかないと、また君が誰かをこの魅力的すぎる身体で誘惑しようとするかもしれないだろう？」

「そんなことはしませんっ」

胸の中にいるのはエリオットだけなのだから、そんなことを他の男性にするなどありえない。

「レベッカは突拍子もないことをするから、どうかな？　ルイスに迫っている時の僕の気持ちを想像したことある？」

「もしかして……嫉妬、していたんですか？」

エリオットはいつも笑顔で穏やかなので、嫉妬という感情があるなど想像しなかった。だが、時々強引で、押し倒された経験もなくはないから……いや、これは今思い出すことではないだろう。

エリオットはきょとんと目を瞬《またた》かせ、また緩《ゆる》やかに笑った。

「エリオッ……んっ」

大きな両手で頬を包まれて、唇が重なった。エリオットの琥珀色《アンバーアイ》の瞳がまっすぐにレベッカを見つめているのが恥ずかしくて、慌てて目を閉じる。

一度唇が離れたものの、またすぐに重ねられた。しっとりと触れ合わせたり、ちゅっと音を立てたり、何度も何度も繰り返される。エリオットの柔らかい唇を感じていると、緊張して力の入っていた身体がゆるゆるとほどけていくような気がした。

「レベッカ、口を開いて？」

どれだけキスされたのか分からなくなった頃、低くて甘い声に強請《ねだ》られた。ぼんやりと目を開くと、目を細めたエリオットが自分を見下ろしている。唇を撫でる指先はほんの少しだけ硬い。導かれるままに薄く開くと、エリオットの指が口内に侵入した。

「君は良い子だね」

優しい笑顔で褒められて嬉しくなる。

悪女になろうと思った。誰に何を言われても、後悔しないように自分の想いを貫《つらぬ》こうと。そのためには手段を選ばないという覚悟で。

そんな切羽詰まった意志も、エリオットの笑顔に優しく溶かされていく。

「そのまま僕に任せていればいい」

またゆっくりと顔が寄せられて、レベッカも目を瞑《つぶ》る。中に入れられた指で口を大きく開けさせられたあと、ぬるりと何かが入ってきた。

これはエリオットの舌だろうか。そう認識した途端、全身が熱くなる。

「んん……っ」

軟体動物のようなエリオットの舌が、自分のそれに絡む。奥に縮こまっているのを引っ張り出される。

どうすればいいのだろう。必死にシーツを掴《つか》み、エリオットの動きについていこうとする。指のせいで上手く唾液を呑み込めず、口の端からこぼれ落ちた。

「可愛いね」

口内を堪能してやっと唇を離したエリオットが、ふっと微笑んだ。

口から指が引き抜かれ、いつの間にかシーツを掴《つか》んでいた指先をそっとほどかれる。そのまま持ち上げられると、手の甲にまた音を立ててキスをされた。

「どうせなら僕にしがみつけばいいのに」

「その、あの……エリオット殿下、本当に、このまま……？」

まさか今日こんなことになるなど思っていなかったので、全然覚悟ができていない。心臓がバクバクして胸から飛び出してしまいそうなほどだ。

「ルイスにはあんなに積極的だったのに、僕とはしたくないの？」

「そ、そんなことは……っ」

ない。だが、最初から身体で落とそうとしていたルイスと、エリオットではまったく違う。上手く言葉にできないが、気持ちの持っていき方が分からないのだ。

そんなレベッカのためらいをどう捉《とら》えたのか、エリオットは小さなため息をついてドレスに手を掛けた。元々深く谷間の開いていたドレスが簡単に引き下ろされて、ふるんと隠すもののない胸元が揺れながら空気に晒《さら》される。

「ひゃあ！」

「やっぱりやめてあげられないなぁ」

「え、あの、あの！」

露出した胸を慌てて両手で隠すと、エリオットがポケットからハンカチを出した。突然どうしたのだろうとレベッカが瞬《まばた》きしていると、両手首をそのハンカチでくるりとひとまとめに結ばれてしまう。

「エリオット殿下!?」

「エリオット」

「え？」

「そんな他人行儀に呼ばないでさ、名前だけで呼んでよ」

「……エ、エリオット？」

「うん」

『殿下』を付けずに名前を呼ぶ。ただそれだけのことで、エリオットはとても嬉しそうに笑った。

「僕を本当に好きなら、僕にも信じさせて？」

「え？」

「レベッカが肌を許すのは僕だけ。君にとって僕だけが特別なんだと信じさせてほしい」

「……ぁ」

そうだ。

レベッカが今まで散々ルイスに身体を使って迫っていたことを、エリオットは知っている。そして一か月もの間、彼を嫌っていると誤解もさせてしまった。それをいきなり「好き」だと告白しても、すぐに実感できないのだろう。

レベッカは、きゅっと両手を強く握り締めた。

「私は何をすれば、エリオットに信じてもらえるんですか？」

「何もしなくていいよ。……いや、違うね。僕のすることに素直に反応してくれればそれでいい」

「それってこのまま最後までって、ことですよね……？」

「嫌ならそのハンカチをほどいて逃げればいい。君の力でもちゃんとほどけるよ。その時は、レベッカは僕には触れられたくない、やはり君の心は僕にはないんだと判断するけれど」

つまりそれは、この場で最後までしなければ彼を安心させられないということだ。エリオットとするのが嫌なわけではない。ただ恥ずかしいだけで――

「どうする？　レベッカは僕とするのは嫌？」

見上げるとエリオットの瞳が揺れているような気がして、胸が締め付けられた。

「嫌ではありません」

言葉できちんと伝える。

「エリオットのことを好きなのは本当なので。……ただ突然すぎて、恥ずかしいだけなんです」

「そう？　本当に？」

「ほ、本当です」

「それなら頑張ろうね」

目を細めたエリオットを見て、どうしてだか背中がゾクリと震えた。

するすると手際良くドレスを脱がされてしまう。残っているのは秘部を覆う下着とガーターベルトに吊り下げられた靴下だけ。明るい室内でエリオットにじっくりと見下ろされて、一気に羞恥心《しゅうちしん》が湧き上がる。

せめて胸だけでもとハンカチで結ばれた腕で隠していたが、手首を掴《つか》まれて頭の上に固定された。胸が柔らかく揺れたのが視界の端に映る。

「エ、エリオット！」

「僕のことを嫌いでないなら全部見せてよ。ね？」

いつもと変わらない優しい視線なのに、状況が状況なだけに落ち着かない。

しかも、普段から胸の谷間や太ももはチラ見せしているが、胸の中心やお腹、下着などドレスの下に隠しているはずの場所を見られるのには慣れていなかった。

だが、ルイスに気持ちが残っていると誤解されたくなくて、レベッカは両手を握り締めて逃げ出したい気持ちを抑える。

「綺麗だね、レベッカ。どこもかしこも、君は本当に綺麗だ」

「ありがとう、ございま、す」

「こんな綺麗な身体をルイスに見せようとしていたんだから、やはり許せないな」

「……んっ」

見られているだけなのに、なぜか身体がぞくぞくする。

「レベッカは僕のものだ。それをきちんと教えてあげるから、二度と他の男に色目を使わないこと。いいね？」

「ひゃ……っ」

大きな手に肌を撫でられて、思わず声を上げた。むにりと胸を掴《つか》まれると、エリオットの手のひらよりも大きなそれに指が埋まる。

「レベッカ？　返事は？」

「は……はいっ」

とりあえず頷くが、目は自分の胸元に釘付けのままだ。

「良い子だね」と頷いたエリオットは、レベッカが見ていると分かっていて、ピンク色の頂点を突き出すように左右を持ち上げて寄せてくる。薄く色付いた周囲をくるりと撫でられ、ずくんとお腹が疼いた。

「……ん！」

思わず甘い声が出ると、エリオットが口元の笑みを深くした。

「ここ、気持ち良い？」

「わ、分かんな……ふぁ」

「そうか。じゃあ分かるまで触ってあげるから、気持ち良くなったら教えてね」

「え……？　んんっ」

エリオットの指がまたくるんと撫でる。さらに、ふっと息を吹きかけられた。

「エリオ、ット！」

「ん？」

「……こ、これ、少し……っ！」

「嫌？」

「嫌とかでは……なく、て……んんっ」

くるん、くるんと先端の周りを指で撫でられる度に、身体が落ち着かなくなる。何かがお腹の奥にともるような、もどかしい感覚。身体の変化に気持ちが追いつかないので、一旦手を止めてほしい。そう思っただけなのに。

「嫌でないのなら続けるね、反応も悪くなさそうだし」

「はぅ……っ」

エリオットの指が時々先端を掠めて、ぴくんと身体が跳ねる。顔に熱が集まる。

「恥ずかしい？」

「んんっ」

レベッカは必死に頷く。少しでいいから落ち着く時間が欲しい。

「でも、レベッカはもっとすごいことを自分からしようとしていたのだから、これくらいは我慢できるよね？」

「ぁあっ！」

ふっとまた先端に息を吹きかけられた。ぴくんっと腰が浮く。

エリオットに触られる度に身体が反応してしまって恥ずかしいが、我慢しなくてはならない。これもすべて、エリオットを好きだと信用してもらうために必要なことなのだから。

「さっきから腰が揺れてるね。気持ち良い？」

「はぁうっ」

「ほらレベッカ、素直に言えたら先も触ってあげるよ？」

「……っ」

見ると、レベッカの胸の先は濃く色付いて尖っており、じんじんと熱い。だが、まだ足りないというようにもどかしさがつのる。

羞恥心《しゅうちしん》さえ我慢すれば触ってもらえるのか――そう頭が認識して、ごくりと喉が鳴った。前に触れられた時の記憶が勝手によみがえる。一言口にすれば、またあの時のように……？

「……ち、いいです」

「ん？　聞こえないよ、もっとはっきり言って？」

そう言うエリオットの顔は笑みを浮かべているが、意地悪に見える。けれどそんなことを気にする余裕もなく、レベッカは熱くなる身体に従って再度口を開いた。

「気持ち、いい……です」

「よく言えました。ご褒美にもっと気持ち良くしてあげる」

「ぁんんっ！」

片方をきゅっと摘《つま》まれ、もう片方を食べられた。これまでのもどかしさとは異なる鋭い刺激が全身を貫《つらぬ》く。熱い口内に包まれ、尖りを舌でねっとりと舐められた。

ぴちゃぴちゃと音を立てて吸われると、水音が頭の中でより響く気がする。

「んん、ぁんっ！」

「良い声だね。もっと気持ち良くなって、たくさん啼《な》こうか」

「あっ！　あ、だめ、そっちは……！」

エリオットの指が肌を撫でながら下がっていくと、くちゅん、とある場所で音がした。

「やっぱり濡れているね」

「ああっ！」

足の間に入ってきた遠慮のない指が下着を撫でた。それだけで濡れた音がしたことに目眩《めまい》がする。

「これ以上下着を濡らす前に脱いでしまおうか」

「や……！　や、だめっ！」

制止の声は聞き届けてもらえず、小さな布地は簡単に足から引き抜かれた。今のレベッカはガーターベルトと靴下のみという、何も隠せない格好だ。

「ほら見て、レベッカ。すごいよ、とろとろになっている」

「ああ……っ！」

足を掴《つか》まれて膝を開かされた。前は触れられるだけだったそこが、エリオットの目の前に晒《さら》されている。羞恥《しゅうち》のあまり、レベッカはハンカチで縛られたままの手で顔を覆った。

「そんなに恥ずかしがらなくても大丈夫だよ。僕はレベッカが感じてくれて、とても嬉しいから」

「うう……」

見られていることを否応なく意識させられる、強い視線。

「すごいな……前は見ることはできなかったから。とてもいやらしくて、美味《おい》しそうだ」

「……え？」

『美味《おい》しそう』というのはどういうことだろうと思った瞬間、濡れた音と共に舐められた。割れ目からその上まですべてを。

ぞくんっと全身に刺激が走って、背中がシーツから浮き上がる。

「あああっ」

「うん、やっぱり美味《おい》しいな。レベッカはどこもかしこも甘くて……いつまでも味わっていたいくらいだ」

「や……！　ぁあ！　そ……んなっ！　だめ、だめぇ！」

じゅるじゅると綺麗な顔に似合わない音を立てながら、エリオットはレベッカのそこを啜《すす》り上げた。

自分の身に起きていることが信じられず、混乱のまま足をバタバタと動かすと、膝の裏を掴《つか》まれて押された。身体が折れ曲がり、腰が浮き上がる。大きく広げられた足がレベッカの目の前に現れる。

その間に顔を埋《うず》めるエリオットと目が合い、にっこりと微笑まれた。

「初めてだから、よくほぐしておかないとね」

「ぁ、ぁあ……っ！」

エリオットの端整な顔が、赤い舌が、レベッカの足の間に潜《もぐ》り込んできた。以前は入り口を撫でられただけだったのが、今度は柔らかくて熱いものが中で蠢《うごめ》く。それを目の前で見せつけられているこの状況が現実だなんて信じられない。

しかし与えられる刺激は確かに快感で、身体がぐずぐずに溶けていく。

「ああ……っ、ん……！　は、ぁぁんっ」

「レベッカ、気持ち良い？」

「んん……！」

前回触れられた場所を親指に転がされると、びりびりとした気持ち良さに反応して、エリオットの舌を締め付けた。

「い……っ、良いっ！　エリオット……っ、エリオット！」

何かが身体の奥から湧き上がってくる感覚に、思わず名前を呼ぶ。涙で滲んだ視界の中で、エリオットは琥珀色《アンバーアイ》の瞳を嬉しそうに細め、ぐりっと親指が快感の芽を押しつぶした。

「あああーっ！」

電流のような何かが全身を駆け巡り、頭の中で弾ける。靴下に包まれたつま先がきゅっと丸まり、エリオットの柔らかい舌をびくびくと締め付ける。

「レベッカは本当に可愛いね」

触れるだけのキスをされ、自分がしばらくぼんやりしていたことに気が付いた。

手足が重い。いつの間にかお尻がシーツについていたが、膝は大きく開かれたままだった。足の間にエリオットがいるせいで閉じられないのだ。

いつも笑顔を絶やさないエリオットだが、今はより一層楽しそうに見えた。自分はこんなに翻弄されて疲れているのに、なんだか不公平に感じる。

「もう帰ります」

本当はパーティー会場に戻るべきだろうが、そんな気分でも状態でもない。こんなに淫《みだ》らなことをしておいて、いったいどんな顔をして会場にいる人たちと談笑すればいいのか。

レベッカの言葉に、エリオットはきょとんと瞬《まばた》きをした。あどけない表情が可愛くてどきっとするが、そのあとの笑顔は全然違った。

「何を言っているの。これからが本番でしょ」

「ひゃ！　あ……なに……？」

「僕の指だよ。きちんとほぐそうとするなら、舐めるだけでは足りないからね。でも……ほら、もうこんなにもとろとろだから滑りが良いよ」

「あ……っ、んっ」

ぬぷんと入り込んできた指が、レベッカの中をかき回す。身体の中を直接撫でられるのなんて初めてだ。先ほどの甘さのある刺激と違い、苦しくて怖い。

「や、やめ――」

「今日はレベッカを僕のものにすると伝えたよね。嫌なら、そのハンカチをほどいて抵抗すればいい」

手首を持ち上げて緩《ゆる》く結ばれたままのハンカチを見た。少し暴れれば簡単にほどけるだろうが、それはエリオットを拒絶するのと同義だ。早すぎる展開についていけていないだけで、することそのものが嫌なわけではない。

なぜならエリオットのことが好きだから。

きゅっと両手を握り締めたレベッカを見下ろして、エリオットがまたキスをした。

「その方が賢明だよ。僕も無理やり力でねじ伏せるなんてこと、したくはないからね」

「え……？　ひゃあ！」

不穏な言葉に戸惑う間もなく膣内に埋められた指が蠢《うごめ》き、背中から頭までビリッと衝撃が走り抜ける。

「ここかな」

「ひ、あ！　え……んんっ！　あ、や！　そこ……っ！　やぁ！」

「ここが、レベッカが気持ち良くなれるところだよ。たくさん触ってあげるから、もっと感じようね」

「あぁ！　んん、ん……っ！　ぁあんっ！」

エリオットの指がレベッカの中をとんとんと刺激してくる。その度に全身がとろけるような強い快感に襲われて、足がシーツを蹴った。

自分の身体から何かがとぷんと溢れて、エリオットの指を濡らすのが分かる。

「そのまま力を抜いていてね、指を増やすから」

「ふぁ！　あっ！　ああ！」

「痛くない？」

「んん……っ！　やっ！　……きもち、くて……こわい！　ああ！」

全身がびりびりする。自分の身体なのにコントロールできない。

エリオットの指が性急にもう一本増やされて、三本の指がばらばらに動く。

その間、何度もエリオットがキスをするので、唇が離れるわずかな時間でどうにか呼吸をした。

「すごいね、レベッカ。可愛すぎて……ちょっと予想以上だ」

エリオットを見上げると、その琥珀色の瞳《アンバーアイ》が熱を帯びていた。絡み合う視線に自分だけが乱れているわけではないことを知り、安心する。

するとふっと肩の力が抜けた瞬間、エリオットの親指が秘豆に触れた。

「もう一度達しておこうか」

「あっ！　っ、ああーっ！」

中に入っているエリオットの指を締め付けて、また快感が弾ける。より深く突き落とされる感覚につま先が震えた。

「……ん」

こんなにも気持ち良いことがあるなんて、頭がおかしくなりそうだ。

ずるりと指が抜かれて、その物足りなさにぼんやりとエリオットを見上げた。レベッカと目が合うと、またキスをしてくれる。

「上手に達して偉かったね」

褒めてもらえると嬉しくなり、胸が温かくなった。

エリオットは身体を起こすと、着ていた服を少し乱暴に脱ぎ捨てる。パーティー用の盛装を床に脱ぎ捨てて大丈夫かと心配になったが、そんな考えはすぐに消えた。エリオットの綺麗な顔にそぐわない、グロテスクなものを見てしまったせいだ。

「そ、それ……」

思わず声が震える。太くて赤黒いそれはお腹まで反り返っていて、先端からは透明な液体がこぼれていた。

性知識はある。前世ではそのような情報が溢れかえっていたし、アンナにも事前に教えてもらっていた。

いや、分かったつもりになっていただけだった。なぜなら前世ではそういうものにはモザイクがかかっていたから、こんな形をしているなんて知らなかった。それに、アンナには「困ったらお相手に任せていれば大丈夫ですよ」とだけ言われていたのだ。

「これが今からレベッカの中に入るんだよ。……怖い？」

「……はい」

レベッカはゆっくりと頷く。

指とは比較にならない大きさだ。こんなものを身体に入れたら裂けてしまう。

「そんなに怯《おび》えなくて平気だよ。最初は苦しいかもしれないけれど、すぐに馴染《なじ》む」

「どうしてそんなことを……。分からないじゃないですか」

言い切られて思わずむっとしてしまった。そんなレベッカに、くすくすと笑いながら彼がまたキスをする。近くでとろりと溶けそうな瞳に見つめられる。

「初めてなのに、僕の指で甘く啼《な》いていたからね。大丈夫だよ、指が少し大きくなっただけだ」

「そんなことは」

ないと思う。すごく大きくて、どう考えても指とはまったく違う。

「それにね、泣いて抵抗しても、もうやめてあげられない。だから少しでも協力してくれると嬉しいな」

あんな凶悪なものを持っているとは思えないくらいにこやかに微笑む姿に、レベッカは覚悟を決めた。ハンカチで結ばれた手首を持ち上げてエリオットに見せる。

「これ、ほどいてください」

「……どうして？　やっぱり僕のことが嫌になった？」

「違います」

一瞬瞳を揺らした彼へ、レベッカは首を振りながら言い切る。

「これではエリオットを抱き締められません」

「え？」

「怖いので、エリオットにもっとしがみつきたいし、抱き締めてほしいんです」

けれど自分でほどくのはエリオットを拒絶するのと同じ意味になってしまうから。

「だから、エリオットにほどいてほしいんです。……だめ、ですか？」

「……っ」

エリオットが喉の奥で呻《うめ》いた。何かを耐えているような表情におかしなことを言ってしまったかと心配した途端、唇を奪われる。ねっとりと口内を蹂躙《じゅうりん》されたあと、互いに息が上がった状態で見つめ合った。

「エリオット？」

「レベッカはずるいな」

「どういう意味でしょうか」

「愛おしくてたまらないということだよ」

エリオットが大きく息を吐きながら、ハンカチをほどく。

レベッカは解放された手を伸ばして、無駄のない引き締まった身体を抱き締めた。素肌で触れ合っているのが妙に恥ずかしいが、エリオットの身体も自分と同じくらい熱くて、同じ気持ちであることに安心する。

「レベッカ、愛してるよ」

「私も大好きです」

背中に手を回されて、抱き寄せられた。ぴったりと身体を密着させながら、今度は触れるだけのキスをする。

そしてレベッカの身体の中心にさっき見たエリオットのものが触れて、ずくりと中に入り込んできた。

「……んっ！」

「大丈夫だよ、大丈夫。僕がいるからね」

「は……はいっ」

ずぶずぶと圧倒的な質感のそれが中に入ってくる。裂けてしまうのではないかと思うくらいに痛いし苦しい。

だが、エリオットに抱き締められ、隙間もないくらいに密着しているおかげで恐怖はなかった。

「……これで、全部だよ」

お腹の中に、エリオットのものがみっしりと埋まっている。肩で息をしている自分と同じくらいエリオットの吐息も熱く、一つになれたことを実感した。

見上げると、降ってきた柔らかな唇に、少しだけ身体の緊張がほぐれる。

「……幸せ、です」

「ん？」

「前世ではずっと想うだけでしたし、ルイス殿下も私が求めるばかりで……好きな人と想い合えるというのはどんな気持ちなのだろうと、想像することしかできなかったので」

触れ合う肌からエリオットの少し速めの鼓動が伝わってくる。おそらくバクバクと鳴っているレベッカの心臓の音も筒抜けだろう。

「エリオットで良かったです。エリオットとこうして気持ちを通い合わせることができて、本当に幸せです」

前世でずっと片思いしていた彼ではなく、誘惑してやると息巻いていたルイスでもなく。

エリオットとだから、こんなに温かい気持ちになれるのだ。

「……それは僕の台詞《せりふ》だよ」

「エリオット？」

「レベッカがいてくれて、振り向いてくれて、僕がどんなに感謝しているか。幸せなのは僕の方だ」

「いえ、私の方です。私の方がずっとずっと幸せです」

「いや、僕の方がもっとずっと幸せだ」

「私です」

「僕だ」

「私ですってば」

「……ふっ」

思わず顔を見合わせて笑ってしまう。

「こんな状況で、何意地を張り合っているんだろうね」

「本当に。けれどなんだか緊張がなくなりました」

「みたいだね」

レベッカに軽くキスをして、エリオットが微笑んだ。その瞳が怪しい光を放ったのは気のせいだろうか。

「それじゃあレベッカ、お喋《しゃべ》りはこのくらいにして、もうひと頑張りしようか」

「ん……っ！」

エリオットのものが入り口ギリギリまで引き抜かれ、まだ狭い中を擦《こす》り上げる。

「痛い？」

「……ごめんな、さいっ」

息を乱しながら答えると、額《ひたい》に唇の柔らかな感触がした。

「謝る必要はないよ。でも、動くのはもう少し待った方が良さそうだ」

「……あっ」

エリオットは動きを止め、レベッカの下腹部に触れた。さんざん可愛がられたせいで敏感になっている秘芽に指先が触れ、ひくんと身体が揺れる。

「こちらでもう少し気持ち良くなろう」

「あ……、んんっ」

一度落ち着いたはずの熱が再びともされる。レベッカの愛液でぬめる突起を刺激される度、声が出てしまう。しかも中がうねるので、そこに入っているエリオットの形を否が応でも意識させられる。

「やっぱりこっちの方が快感を拾いやすいみたいだね」

されるがままに身体を震わせるレベッカを見下ろしながら、エリオットがさらに指を動かす。とんとんとノックし、柔らかく転がされるだけでレベッカは身悶《みもだ》えした。ぐちゅりと自分の中から新たな蜜がこぼれたのが分かる。

「な、なんで……っ」

「ん？」

「エリオットは……そんな、慣れているのっ」

荒い吐息の合間にどうにか伝えると、エリオットに唇を塞がれた。舌が絡まり口内をひとしきり堪能した彼は、こぼれ落ちた唾液を舐めとった。

「慣れてなんていないよ」

「嘘……っ、だって、いつも余裕で……ぁんっ」

エリオットに秘豆を摘《つま》まれて、レベッカの腰が浮いた。中に入った剛直がその拍子に動いて擦《こす》れ、知らない感覚が生まれる。さっきまでは痛みや苦しさが強かったのに、今は甘い予感に胸が高鳴っていた。

「余裕なんて、ないんだけどな」

エリオットの言葉に、レベッカは「嘘」と返す。

初めて触れられたのは馬車の中、その次は執務室。思えばこれまで人には言えないような場所で襲われかけたが、動揺しているのはいつもレベッカだけだった。エリオットは、レベッカを乱して追い詰めるだけ。

「ずるい……ですっ」

自分はエリオットの指先一つでとろかされてしまっているのに。

涙で濡れた瞳で見上げると、琥珀色《アンバーアイ》の瞳が困ったように細まった。

「ずるいと言われても……僕は格好悪いところは見せないように、必死なだけ」

本当は今すぐにでも動いて、レベッカの中を堪能したい――

覆い被さり耳元で囁《ささや》かれた言葉は掠れていて、切羽詰まっているように思える。

「必死……なんですか？」

「僕も、初めてだからね。けれど君を傷つけたくないし、気持ち良くしたい」

「……っ」

大切にされている――そう思った瞬間、中がきゅんっと収縮した。甘い痺《しび》れが全身に広がり、息が詰まる。

それを合図にしたかのように、エリオットの逞《たくま》しいそれを引き絞る。

「あ……っ、エリオット、待って！」

「たくさん達していいよ」

「だめ……っ、あ、んんっ」

エリオットに組み敷かれ、その背に手を回している状態では快楽から逃れる術《すべ》もない。背中が浮いて大きな胸が胸板に押しつぶされた。

「私だけは……嫌ですっ」

喘《あえ》ぎの合間に主張すると、耳にキスをされた。

「そんなに可愛いことを言われたら、止められなくなる」

耳の形をなぞるように舌が這い、秘部への直接の刺激とは異なるそれに吐息が熱くなる。

「止めない……でっ」

きゅっと指先に力が入った。服を着ている時は細身に見えるのに、実際は引き締まった背にすがるように抱きつきながら、レベッカもエリオットの耳に囁《ささや》いた。

「エリオットを、私にください」

「……っ！」

「あっ！」

びくんと、埋められた凶器が中で跳ねた。エリオットが動きを止めて息を詰める。

どうしたのだろうと彼の顔を見ると、身体を起こしたエリオットが前髪をかき上げた。その妖艶な美しさに思わず目を奪われる。

「本当にレベッカは油断ならないね」

「え……？」

「危うく暴発するところだった」

言われた言葉の意味が分からずきょとんと見つめていると、「分からないならいいよ」と腰の辺りを撫でられた。くすぐったさに身をよじると、レベッカの細い腰をエリオットが両手で掴《つか》む。

「望み通り、僕をあげる」

「……あぁあ！」

粘着質な水音を立て、レベッカの中が激しく擦《こす》られた。狭い蜜壺を、太く硬い剛直があますところなく刺激していく。

「あっ、ん……！　ひゃあん！」

先ほどは引きつれるような痛みと圧迫感で苦しかったのに、レベッカの中から溢れた粘液のおかげか滑りよく行き来する。それどころか押し広げるような動きがたまらなく――

「気持ち、いい？」

エリオットに問いかけられ、レベッカは何度も頷いた。

「な、なんで……！　さっきと、全然っ」

「レベッカのここが、僕に馴染《なじ》んだんだよ」

エリオットがそれを分からせるように浅く腰を動かす。凶器の先端の膨らんだところでひっかくようにされ、レベッカはびくびくと身体を跳ねさせた。

「さっき指でも良くなった場所だよ。やっぱり反応がいいね」

初めての行為は痛いものだと思っていた。前世ではそれが常識だったし、アンナからも耐えるものだと聞いていたのだ。それなのに、気持ち良すぎて自分を見失ってしまいそうになるなんて。

広い寝室に、ぐちゅぐちゅという水音とレベッカの嬌声が響く。厳重に管理された王族の居室だから廊下に声が漏れたりはしないだろうが、もし誰かに聞かれるかもしれない状況であったとしても我慢できなかっただろう。

大広間では今、ルイスの婚約披露パーティーで大勢の人が集まっている。煌《きら》びやかな光のもと、着飾った招待客がダンスを踊ったり歓談しているというのに、自分は大きく足を開いて蜜をこぼしながらエリオットのものを受け入れ悦《よろこ》んでいる。

ぱたりと薄いお腹に汗がしたたり落ちた。エリオットの頬も紅潮していて、レベッカに夢中になっていることが分かる。

完璧で清廉潔白だと評される人が、今は人目を忍んでこんなことをしているのだ。なんだか背徳感でたまらない気持ちになる。

自分の中が、喜んでエリオットの雄の象徴に絡みつく。

手を伸ばすと、心得たようにエリオットが身体を倒してキスをしてくれた。その背に手を回し、互いに汗ばんだ肌をぴったりとくっつける。

「激しくしても、大丈夫？」

「は、い……っ」

頷くと、一気に身体の奥を突き上げられた。自分の一番深い場所がそこなのだと教えられる。肌と肌が勢いよくぶつかる乾いた音が、他人事のように耳に届く。

ふいに、挿入前に見た彼の凶器の姿を思い出した。あんなにも長くて太いものが自分の中を出入りしているなど信じられない。そして、動かれる度にこんなにも気持ち良くなってしまっていることも。

「エリオット……、エリオット！」

うわ言のように名前を呼ぶと、背に回していた手を取られて指が絡んだ。

「レベッカ、好きだ。大好きだよ」

「私も……っ！　あ、んん！」

もはや好きだと伝えることすらままならない。しかし気持ちは伝わっていることは理解していた。

視線が合うと、もう何度目かも分からないキスをする。

舌と舌が絡み合い、呑み込みきれない唾液がシーツにこぼれ落ちていく。

エリオットの呼吸が次第に荒くなる。限界が近いのだろう。このままずっと絡み合っていたいという思いと、自分で気持ち良くなってもらいたい思いがせめぎ合う。

「レベッカ……、いい？」

問いかけられ、小さく頷いた。至近距離で微笑み合うと、手を取られ指先にキスをされる。激しく淫《みだ》らな行為の中での恭《うやうや》しい仕草が様《さま》になっていて、心より先に蜜壷が反応した。

ぎゅうっと搾り取るような動きに、エリオットが小さく呻《うめ》く。

「せっかくだから、レベッカも一緒にね」

「……え？　ひ、ぁあ！」

繋《つな》いだ指がほどかれてすぐに、秘豆に刺激を感じた。中の刺激とは異なる、直接的で拾いやすい快感に逆らうことなどできず、レベッカの足が宙を蹴る。

「ああ！　だめ、そこ……そっちは！」

「僕で、気持ち良くなって」

最奥を突き上げられると共に、指先で強めに摘《つま》まれた。頭の中が真っ白になり、ひときわ高い嬌声が部屋に響く。

痙攣《けいれん》するレベッカの隘路に反応して、エリオットも背筋を震わせた。跳ねる剛直の先端から熱い飛沫《しぶき》がレベッカの膣内にほとばしる。

しばらく二人ともその姿勢から動くことができなかった。互いに荒い呼吸を繰り返し、激しく脈を打つ心臓を落ち着かせる。

やがて顔を見合わせると、どちらからともなく幸せそうに微笑み合った。

四、嫉妬と独占欲

「機嫌が良さそうですね、レベッカ様」

「そう、かな？」

「ええ。ずっと浮かれているのが見ているだけでも伝わってきます」

アンナに言われ、「そうかな」と同じ言葉を繰り返しながら、レベッカは頬を押さえて鏡の中の自分を見つめた。相変わらず吊り目がちの、いつもの顔だ。だが、確かに言われてみれば口元が弛《ゆる》んでいる気がする。

けれど仕方がない。気を抜くとすぐにエリオットを思い出してしまうのだから。

ルイスとセシリアの婚約披露パーティーから三日が経った。あの夜は、身体の違和感に戸惑っているうちにエリオットに抱き上げられ、そのまま馬車で送ってもらった。おかげで、出迎えとお風呂のお世話をしてくれたアンナには、何があったのかすべて筒抜けだった。

普段使わない力を使ったためか筋肉痛になってしまい、翌日起き上がれなくなったが、父にバレなかったことだけは幸いだっただろう。ルイスと関係を持ったら自分から言うつもりだったが、その時とは事情が違う。元々は親にこういう話をしたいわけではないのだ。

この三日間を振り返るレベッカの顔を鏡越しに見て、アンナは微笑ましそうに言う。

「レベッカ様が幸せそうで何よりです」

「呆れていない？　ルイス殿下が好きだと散々言っておきながら、結局はエリオット殿下とこうなってしまって」

「私はレベッカ様の気持ちが一番大事ですから。それに、こうなるのではないかと思っておりましたし。好きでもない男性にキスされたと怒ることはあっても、あんな風に一か月も顔を赤らめて悩んだりはしないでしょう？」

言われると確かにそうかもしれない。アンナには自分がうだうだと悩んでエリオットを避けていた姿を見られていたのだ。嫌だとか、そんな理由ではないことはすでに伝わっていたのだろう。

「アンナにはかなわないなぁ」

丁寧に梳《と》かしたレベッカの髪を結い上げながら、アンナは笑った。

「レベッカお嬢様」

穏やかな会話の途中、部屋のドアをノックする音がして外から声をかけられた。使用人のうちの一人だろう。

「グレッグ様がお戻りになりました。ただ今、旦那様の執務室にいらっしゃいます」

「グレッグお兄様がっ⁉」

思ってもいなかった突然の報せに、レベッカは慌てて立ち上がりドアに駆け寄る。

「レベッカ様！　まだいけませんっ！」

アンナに止められたものの、興奮していたレベッカは振り返らなかった。廊下を早足で移動し、父の執務室をノックもせずに開ける。

「グレッグお兄様！」

令嬢としてあるまじきはしたない行動だったが、咎める者はここにはいなかった。今日は王城勤めではないらしい父と、背が高く逞《たくま》しい男性が同時に振り向く。

「レベッカ、久し振りだな。元気にしていたか？」

低く落ち着いた懐かしい声音に、レベッカは大きく頷いた。グレッグは父の弟の子供で、レベッカの従兄《いとこ》にあたる。叔父は国政に忙しい当主に代わりウォルター家の領地を治めている。けれどとても優秀だったグレッグは王都で学ぶため、レベッカ親子と一緒に暮らしていた時期があった。

それもあり、グレッグとは本物の兄妹のように育ったのだ。レベッカよりも年上で八歳も離れているので、遊ぶというよりもよく面倒を見てくれたという意味合いが強い。

この数年はその優秀さを買われ、隣国であるミナスーラ王国へ大使として赴任していた。戻ってきたのは何年振りだろうか。

「少し見ないうちに大きくなったたな」

「きゃ！」

レベッカはグレッグに子供のように脇の下に手を入れられ、ひょいと抱き上げられてしまった。

グレッグは熊のように身体が大きい。眼光が鋭く、表情の変化も口数も多い方ではないが、とても優しいのだ。

「お兄様、私ももう立派な淑女なのでっ。下ろしてください！」

「ああ、そうだったか。すまないな」

恐らくグレッグの中のレベッカは、子供の頃のまま止まっているのだろう。床に下ろしてもらい、やっと落ち着いて従兄《いとこ》の顔を見る。

「……レベッカはドレスの趣味が変わったのか？」

こちらをまじまじと見下ろしたグレッグが、元々険しい顔の眉間に皺《しわ》を寄せる。

ぱちぱちと瞬《まばた》きをして、そういえばグレッグに今のような露出の多い格好で会うのは初めてだと気が付いた。グレッグが隣国に赴任したのは、レベッカが前世を思い出すどころか、エリオットと婚約するずっと前のことだ。あの頃に着ていたドレスは処分し、靴や装飾品もすべて一新している。

「似合いませんか？」

「俺は前の方が好きだった」

「……そうですか」

前に着ていたドレスは色もデザインもやぼったく、オシャレとは無縁だったが、人の好みはそれぞれだ。グレッグには悪いが、あの頃の格好に戻すつもりはない。

「……もしかしてエリオット殿下の趣味か？」

「え？」

「レベッカがエリオット殿下と婚約したことは、伯父上《おじうえ》から聞いている。エリオット殿下にこんなにも肌を晒《さら》すことを強要されているのか？」

ぐっと肩を掴《つか》まれ、レベッカは突然のことに思わず言葉が詰まる。

「なんだと⁉　レベッカ、そうだったのか？」

執務机に座っていた父がガタンと椅子を鳴らして立ち上がる。レベッカは慌てて「違います！」と否定した。

「エリオット殿下は関係ありません！　私が着たくて着ているんですっ」

「だが、婚約はレベッカが望んだものではないのだろう？　伯父上《おじうえ》にも再三考え直すよう手紙を送っていたというのに」

グレッグが父にそんなことを伝えていたとは知らなかった。

そうやってレベッカの気持ちを考えてくれるグレッグの優しさが嬉しい。

「グレッグお兄様、心配してくれなくても今は――」

エリオットが大好きだから大丈夫だと伝えようとしたが、グレッグの表情が凍りついているのに気付いて口を閉じた。

「グレッグお兄様？」

「これ、は」

太い指が、さらりと艶《つや》のある髪をよけて首筋をなぞる。突然どうしたのだろうかとレベッカは首を傾げたが、ふとあることに思い当たった。エリオットに付けられたキスマークだ。

三日前、レベッカが知らないうちに、エリオットはそこかしこに痕を付けていたのだ。そのほとんどがドレスで隠れる位置だったが、一つだけかなりきわどい位置に付けられていた。いつもであればアンナが痕を上手く隠してくれるのだが、慌てて部屋を飛び出してきたせいで、きちんと処置できていなかったのだろう。

「な、なんでもありません！」

レベッカは急いで首筋のキスマークを手で隠した。父がどうしたのかと不思議そうにこちらに向ける視線を避けるように、部屋を出る。

兄のような相手に情事の痕を見られるのは、恥ずかしすぎる。久し振りにグレッグと会えたというのに、いきなりこんな失態を犯してしまうなんて。

レベッカは自分のうかつさを反省しながら、急いで自室に戻った。


改めてグレッグと顔を合わせたのはお昼の席でのことだ。もちろん身なりもきちんと整えて。

表面上は何事もなかったかのように取り繕《つくろ》ってテーブルにつき、グレッグの様子を窺《うかが》う。しかし元々表情の変化の乏《とぼ》しい彼は、先ほどの件を気に掛けているのかどうか見極めることができない。

「あの、グレッグお兄様」

「どうした？」

「……いえ、なんでもありません」

レベッカは弁解の言葉を呑み込み、スープをすくった。もしグレッグが見て見ぬふりをしてくれているのなら、自分から蒸し返す必要はない。

こんな心配をしなくてはいけないなんて……とエリオットを恨みそうになったが、痕を付けられること自体は嫌ではないのだ。場所に困っているだけで。

白い肌に今も残る鬱血痕《うっけつこん》は、エリオットとの行為が夢ではなく現実であったことを教えてくれる。自分が本当に彼と心を通い合わせた証《あかし》が、時間が経つと消えてしまうのが惜しいくらいだ。

そこまで考えて頬が熱くなったレベッカは、小さく頭を振って思考を切り替える。少なくとも家族との食事の場で考えることではない。

「しばらくここに留まることにした」

グレッグが静かに言った言葉に、レベッカは瞬《まばた》きをした。

「ミナスーラ王国でのお仕事は大丈夫なんですか？」

「向こうに優秀な部下がいるから心配ない。それよりもこちらの方が大事だ。まさかこんなことになっているとは。やはり遠方にいると子細が……」

後半は小さな声でぼそぼそと呟《つぶや》いてよく聞こえなかった。

とにかく、久しぶりに帰ってきたグレッグが長くいてくれるのは嬉しい。

あとでエリオットに手紙を書こう。次に会う予定の相談と共に、このことも伝えなければ。

ルイス相手の時には勢いに任せて押しかけたが、エリオット相手にそんな強引なことはしたくない。仕事の邪魔をするのも、迷惑をかけるのも嫌だ。それに、きちんと落ち着いて会話をしたいという思いもある。

レベッカは自分の気持ちの変化を感じて、心が温かくなった。エリオットはこんなにも特別で大切な人になっていることを実感する。父やグレッグなど、家族に対する思いとは違う。アンナのような同性に抱く気持ちとも。

いつの間にか笑っていたのだろう、グレッグが不思議そうにこちらを見ていた。レベッカは誤魔化すようにスープを口に運ぶ。

この三日間、気が付くとエリオットのことばかりを考えている。少しは他のことに意識を向けるべきだろうか。そうなると、グレッグが帰ってきたのは良い機会かもしれない。

「グレッグお兄様。ミナスーラ王国のお話、たくさん聞かせてください」

「ああ、いくらでも。何が聞きたい？」

「そうですね、まずはグレッグお兄様がどんなお仕事をしているのか――」

◇　◇　◇

「ねぇアンナ、エリオット殿下からの手紙はまだ来てない？」

「来ておりません」

「そう……」

テラスでお茶を飲みながら尋ねたが、アンナは申し訳なさそうに小さく首を横に振った。

エリオットに最後に会ってから一か月が過ぎている。

「次に会えるのはいつでしょうか」という手紙に返事がなかったので、追加で「仕事が忙しいのでしょうか」と送ってしまったが、返事は一向に来ない。元々エリオットとは月に一通のやり取りもしていなかった。そのことを思えば別に焦る必要はない。

少し前によく顔を合わせていたのも、レベッカがルイス目当てに足繁《あししげ》く王城に通っていたためで、エリオットが考える「会いたい」ペースはこんなものなのかもしれない。

……それでも手紙の返事くらいはくれてもいいと思うが。

男性は一度関係を持つと途端に興味を失う場合があると、前世で聞いたことがある。エリオットは釣った魚には餌をやらないタイプなのだろうか。

「明日、王城に行ってみるわ」

ティーカップをそっと置いてレベッカは宣言した。待っているべきかもしれないが、どうしても気になる。忙しくて迷惑なら、顔だけ見て帰ればいいのだ。ただもやもやしながら待っているのは精神衛生上よろしくない。

そう考え、浮かんだネガティブな思考を吹き飛ばすように顔を上げた。

「私もその方が今のレベッカ様らしいと思います」

アンナが励ますように力強く頷いてくれた。

そうして次の日、アンナと二人で馬車に乗り込もうとした時だった。

「レベッカ、どこに行くんだ？」

「グレッグお兄様」

声をかけられて振り向けば、そこにはグレッグが立っていた。

「エリオット殿下に会いに王城へ行ってきます」

「そうか。……手伝いを頼みたかったんだが」

「私に？　急ぎなのですか？」

可能ならば今度にしてほしいのだが、グレッグは真剣な顔で頷く。

「急ぎで整理しなければならない書類がある」

「それは執事の仕事では？」

忙しい父は執事を三人も雇っている。みな優秀で、レベッカが手を貸す必要などないように思うのだが。

「機密に関わるものもあるから、親族以外には任せられないんだ」

「……分かりましたわ」

執事たちにも触れさせられない機密とは一体なんなのだろうか。疑問には思ったが、普段父の仕事には関わらないレベッカに分かるはずもない。エリオットに会いに行くのは今日でなくても構わないし、グレッグがここまで頼むのなら仕方ない。

レベッカは準備してくれた御者に謝罪すると、家に戻った。

そして次の日も、また次の日も、そのまた次の日も——レベッカは王城に行くことはできなかった。

「ねぇアンナ、何かおかしくない？」

寝る準備をしてベッドに腰を下ろしながら、レベッカはアンナに問いかける。

「グレッグ様ですか？」

「そう。エリオット殿下に会いに行こうとすると、毎回呼び止められるの。でも、私でなくても問題ないことばかりなのよね」

頼まれるのは大体が書類の整理や読み上げだ。確かに貴族以外の識字率は低いのだが、ウォルター公爵家で雇っている使用人には文字を読める者が何人もいる。それに内容的に親族でなければと言われたものの、領地経営を担っている叔父からの報告書の仕分け整理は、執事の業務範囲のはずだ。

「グレッグ様にお伺いしてみればいいのではないでしょうか？」

「聞いたけれど、はぐらかされている気がするのよ」

エリオットに会いに行ってはいけない理由でもあるのだろうか。王城勤めの父からは何も聞いていないので、気にしすぎかもしれない。手伝いも、ただ本当にレベッカの手が必要だっただけだということもありうる。

しかしエリオットへの手紙は相変わらず返事がないし、何よりもレベッカがエリオットに会いたいのだ。悩みながら枕を抱えていると、はっと閃《ひらめ》いた。

「ねぇアンナ、ちょっと協力してほしいのだけど」

こっそりと伝えると、アンナの瞳が丸くなった。反対されなかったのは、レベッカを止めても無駄だと悟ったからだろう。

翌日、レベッカは上機嫌で王都の道をアンナと二人で歩いていた。

「ふふふ、大成功！」

外出は久し振りでなんだか清々しい。それに移動といえば馬車ばかりだったので、このように自分の足を使うのがすごく楽しい。

「アンナは変装の名人になれるわね」

レベッカは笑いながら、ドレスではない綿のワンピースのスカートを摘《つま》んだ。今日はアンナが準備してくれた町娘風のワンピースを着ているのだ。メイクも少し控えめで、企《たくら》み通り使用人のふりをしたレベッカは、グレッグに声をかけられることなく家を出られた。

「レベッカさ……ん、静かに歩いてください」

「分かってるわ」

変装しているからといって、本当に町娘になったわけではない。レベッカが怪我をすれば責められるのはアンナで、万一変な人に目をつけられて誘拐されでもしたら父が困る。

だが、悪女顔のせいか、元の造りが美人なせいか、ただ歩いているだけでちらちらと人目を感じるのだ。

そんなわけで、街中を歩いて楽しみたい気持ちを我慢して、レベッカはまっすぐに王城に向かった。

いつもは馬車で通り過ぎるだけの門から城を見上げる。大陸随一の大国である王都の城は、近くに来ると目眩《めまい》がしそうなほど大きく高い。塔の先端などははるか遠く豆粒のようだ。白い壁にきらびやかな装飾が施《ほどこ》され、見ているだけで美しい。

ウォルター家の馬車には家紋が入っているため、門の通行はフリーパスだ。しかし今日は変装して徒歩で来ているのでそうもいかず、鉄柵の横に立つ門兵に名乗ったのだが……

「ウォルター公爵家のレベッカ・ウォルターだと？　寝言も休み休み言え！」

と、追い返されてしまった。王城の門兵が第一王子の婚約者の顔も覚えていないのかと呆れたが、今は貴族の装《よそお》いをしていないのだから仕方がない。そもそも、ウォルター家の使用人に紛れられたほどの変装なのだ。

それに、門兵が職務に忠実であるのは良いことだ。誰も彼をも王城に入れるわけにいかないのはよく分かる。

「レベッカさん、どうします？」

「ここまで来て、会わずには帰れないわ」

城門から少し離れてアンナと話す。すぐ横には高い城壁とその奥に見える城。せっかくここまで来たのだ、エリオットに会わずに帰る選択肢はない。

レベッカは少し考え、仕方がないとため息をついた。

「アンナは先に帰っていて」

「レベッカさんはどうするんです？」

「王城にはお父様もいるし、帰りはどうにでもなるわ。良い案があるの。ここまで一緒に来てくれてありがとう、一人の方が動きやすいから心配しないで」

それでも不安そうにするアンナを無理やり帰らせたレベッカは、よし、と気合を入れる。

さすがにアンナがいたら渋い顔をされるだろうなと思いながら、首元まで留めていたワンピースのボタンをプチプチと外した。

「これくらい、かな」

あまり開けすぎると露出狂として捕まえられかねない。上からは胸の谷間がチラ見えする程度に開き、レベッカは門兵に近寄った。

「またお前か。何度言われても、お前がレベッカ・ウォルターなどと信じるはずが——」

門兵の言葉が途中で止まる。門兵にすり寄ったレベッカが襟を大きく開き、胸の谷間に仕込んでいた王城の通行証を見せたのだ。

通行証はウォルター公爵家が所有するもので、これがあれば簡単に入城できる。ただ取り扱いには注意が必要で、当主以外の持ち出しが制限されているため落としでもしたら大問題だし、護衛もつけていない今の状態で悪意のある第三者に知られたら何をされるか分からない。

本当は顔パスで入城できれば良かったのだが、それがかなわなかったので、やむなく通行証を出したというわけだ。

アンナにも黙って持ってきたので、彼女がいる前では出しづらかったのだが、その際に胸元を晒《さら》すことを考えれば、なおのことできない。

レベッカは周囲にはただの色仕掛けに見えるよう上目遣いをして、通行証を仕込んだ胸を彼に押し付ける。そして蠱惑的《こわくてき》な笑みを作り、小さな声で囁《ささや》いた。

「これでわたくしが本当にレベッカ・ウォルターだと信用してくださるかしら。……ね？」

「レベッカ!?」

執務室のドアを開けた瞬間、目を丸くしたエリオットが椅子から立ち上がった。常にどこか余裕のある彼の、こんなに驚いた顔を初めて見た気がする。いつも自分ばかりが振り回されているので、こういうのもたまには悪くない。

「ここまでありがとう」

「ほ……本当にレベッカ・ウォルター様だったのですか」

廊下に立ち尽くしていた門兵にお礼を言うと、彼は顔を真っ青にしていた。中に入れてくれるだけで良かったのだが、通行証を見ても完全には信用されなかったようで、ここまで付いて来たのだ。案内もなしにエリオットの執務室まで向かっていることに戸惑う門兵の様子がおかしくて、レベッカは何度も笑いそうになってしまった。

「俺……い、いえ、私はなんてご無礼を」

「気にしないでいいわ。きちんとこうしてエリオット殿下にお会いできたのだもの。……でも、女性の色香に惑わされるのはほどほどにしておいた方がいいわね」

彼が通行証を確認する際に、豊満な膨らみにごくりと喉を鳴らしたのは聞こえていたし、ここに来る途中何度も視線を感じた。こくこくと頷いた門兵ににこりと微笑み、レベッカはドアを閉める。

一連のやり取りを見ていたエリオットは、レベッカの前に立つと大きなため息をついた。

「どういうことだい？」

笑顔なのに、なぜか圧を感じる。ここは下手に誤魔化さない方が得策だと判断し、レベッカは胸元から通行証を取り出した。

「これを見せる時に、少し」

「通行証か。よくまああそんなところに」

「ポケットよりもよほど安全でしょう？」

文字通り肌身離さず、だ。

「……城の兵士の教育を徹底しないといけないみたいだね」

「彼も最初はきちんと仕事してくれていましたよ？　見知らぬ私の入城も断っていましたし」

レベッカがそう言うと、エリオットの形の良い眉がぴくりと動いた。

「第一王子の婚約者の顔も知らないのは問題だし、君の胸をただで見ておきながら無罪放免にはできない」

エリオットは手を伸ばし、レベッカのワンピースのボタンを留めた。門兵の腕にその胸を押し付けたなんて話をしたら、彼がひどい目に遭ってしまいそうだ。黙っておいた方がいいだろう。

もしかするといつも涼しい顔をしているエリオットにも、独占欲があるのかもしれない。ルイスのことでやり取りしていた時も何か言っていた気がする。

「でも、この格好を見てすぐに私だと気付くのは難しいでしょう？」

エリオットから一歩離れ、くるりとその場でターンする。重たいドレスとは異なるワンピースの裾が軽やかに揺れた。

「僕は一目で気付いたよ？」

「それは、この部屋を訪ねたから――」

「街中や人混みに紛れていても、僕がレベッカを見過ごすなんてありえない」

「……んっ！」

腕の中に閉じ込められたかと思うと、唇を塞がれた。驚いたが、エリオットの体温にすぐに身体が弛緩する。久しぶりの触れ合いに夢中になっていると、服の上から身体の線をなぞられた。

「そもそも、君の魅力は着ているものを替えたくらいじゃ隠せないよね」

キスのせいで潤んだ視界に映るエリオットにも、同じ言葉を返せるだろう。日の光に透けるような金の髪に、優しい目元。気品のあるたたずまいは市井《しせい》にあっても注目を集めるに違いない。

こんなにも素敵な人と抱き締め合い、キスを交わす関係になったことが奇跡のように思える。ぼんやりと彼の唇を見つめていると、最後とばかりに音を立ててキスをされた。

「そういえば、今日はどうしてそんな格好で来たんだい？　話を聞く限り、ウォルター家の馬車で来なかったということだよね？」

「そうでした。私もエリオット殿下に聞きたいことがあって来たんです」

「分かった、ひとまずソファに座って」

もしかしたら顔を見るだけで追い返されるかもしれない、という心配は杞憂《きゆう》だったらしい。エリオットは執務室のソファにレベッカを座らせ、お茶まで用意してくれた。エリオット自身は仕事が詰まっているようで、向かい合い二人でゆっくり話をすることはできなかったが、書類を処理するかたわら、話を聞いてくれるようだ。

カリカリと書類にサインをするエリオットの顔を、レベッカはお茶を飲みながら眺める。真剣な表情で書類に目を通しているエリオットは格好良い。……いやそうでなく、手紙のことを聞かなくては。

「手紙が届いていない？　……おかしいな、僕はこの前のパーティーの二、三日後くらいに送ったよ」

「え!?　私は全然知りませんでしたけれど。それでは、私が送った二通の手紙は……」

「二通？　いや、僕はレベッカからの手紙なんて受け取っていないけれど」

驚いたエリオットが、サインの手を止めて書類から顔を上げる。

「送りましたよ、私もパーティーの三日後くらいと、つい先日に。次会えるのはいつですかというような内容の手紙です」

「……いや、受け取っていないな。レベッカの手紙が書類の山に紛れ込むはずがないし、読んだとしたら忘れるはずがない」

「けれどお互い受け取っていない、ということですよね？」

どうしてだろう、と首を傾げても原因は分からない。

「おかしいな。僕は手紙を預けた兵から、確かに君の家の者に手渡したと報告を受けたよ」

何かを考えた様子のエリオットは、椅子から立ち上がると誰かを呼びつけた。ほどなくしてドアをノックしたのは、若い兵士だった。手紙を届けるように命じた人物らしい。

「確かにウォルター家の方にお預けいたしました。レベッカ様へお渡しくださるともおっしゃいました」

「そうか。ちなみに渡した相手が誰だか分かるかい？」

ぴっと背筋を伸ばした兵士は、エリオットをまっすぐに見ながら答える。

「名前までは伺いませんでした、申し訳ありません」

「じゃあ、どんな相手だったのかは覚えているかな？」

「長身で大柄な方でした。黒髪に黒い目の若い男性で、エリオット殿下よりも少し年上かと。言葉使いは丁寧でしたが、眼光が鋭く——」

「グレッグお兄様……!?」

エリオットと兵士が同時にレベッカを見る。

「ちょっと愛想のない、低い声の男性ですよね？」

「そうです、その方です」

レベッカが確認すると兵士が頷いた。それを見て、エリオットが兵士を下がらせる。

また二人きりになった部屋で、エリオットが口を開く。

「グレッグって、グレッグ・ウォルターのことだよね？　レベッカの従兄《いとこ》で、ミナスーラ王国駐在大使の。そういえば一時帰国したという報告を受けた気がするな」

「ついこの前戻ってきたんです。少し長めにこちらにいることにしたと言っていました。グレッグお兄様が手紙を受け取っていたのなら、私に渡し忘れていたのかしら。帰ったら確認してみますね」

グレッグはしっかりしていると思っていたが、レベッカ宛ての手紙を受け取りそのまま忘れてしまうなど、うっかりなところがあるとは意外だった。ずっと頼りになる兄だと思っていたからなおさらだ。

しかし紛失したのではなくて良かった――そう思い、お茶を飲んで喉を潤《うるお》す。

ふと視線を感じてそちらに目を向けると、仕事を再開したと思っていたエリオットが真剣な表情でレベッカを見つめていた。

「グレッグ・ウォルターは、あの若さで大使を任せることができるほど有能な人物だと思っていたのだけれど……こういうミスはよくある？」

「いえ、初めて聞きました」

「レベッカの手紙は誰に預けたんだい？」

「グレッグお兄様に。……あっ、私の手紙も出し忘れてしまっているんですね、きっと。長旅で疲れているのでしょう」

「レベッカ」

優しくはあるが有無を言わさぬ強さで名前を呼ばれ、肩がびくりと揺れた。

「何か気になることがあるのなら、隠さずに教えてほしいな」

「……隠すだなんて、そんな」

「少し引っ掛かる、くらいでもなんでもいいよ。何かあるんだろう？」

仕事のペンを止めてこちらを見るエリオットには何か確信があるようだった。

どうして分かってしまうのだろうか。レベッカは観念して、この数日グレッグに外出を邪魔されている気がしていたことを話した。

「けれど、私の気のせいかもしれませんし。いえ……気のせいです。考えすぎと言いますか」

「レベッカはグレッグ・ウォルターをかばいたいのかな？」

「……グレッグお兄様が何かを企《たくら》んでいるなんて、そんなことはないと思います」

「君たちは従兄妹《いとこ》だと聞いていたけれど、随分仲が良かったんだね。……一応確認しておきたいのだけど、グレッグ・ウォルターとは本当にただの従兄妹《いとこ》なんだよね？」

「はい。小さい時からずっと一緒なので、従兄妹《いとこ》というよりも兄妹の方が近いですが」

グレッグは二人兄弟の長男だ。叔父に続き領地を継ぐ予定の次男とは顔を合わせるのも年に数回のため、ほとんど交流がないが、グレッグは王都の屋敷で何年も共に過ごしていた。

小さい頃のレベッカは本当に内気で、使用人相手ですら緊張してしまって会話ができないことが多かった。そんな中、グレッグはいつも根気よく優しく接し、忙しい時でもレベッカの相手をしてくれたのだ。

「……そう」

「あの、何か……？」

レベッカの返事に何か思うところがあったらしいエリオットは、立ち上がってソファの隣に移動してくる。

「心配だな……」

「何がですか？」

「君のその自覚のなさだよ」

「自覚？」

何のことが分からず首を傾げたが、エリオットは説明する気がないらしい。

ふいに伸びてきた手が髪を一房持ち上げ、そこにキスをされる。彼がやると絵になりすぎて、痛いほど心臓が高鳴る。

「そ、そういえばエリオットは、どんな内容の手紙を出そうとしてくれていたのですか？」

怪しい雰囲気になりそうだったので、話題を変える。顔を上げたエリオットは瞬《まばた》きをすると、深いため息をついた。

「今度、僕の立太子の儀を行うと、国王陛下に言われたんだ」

「立太子の儀！　それでは正式に王太子になるのですね、おめでとうございます！」

「ありがとう。それは良いのだけれど、その儀式の準備もあるのに、国王陛下が政務のほとんどを僕に任せると言い出してね」

レベッカは、ちらりとエリオットの執務机に積まれた書類を見た。以前ここに来た時もかなりの量の書類が置かれていたが、今日のそれは以前とは比較にならないほど大量だ。

「これまでは仕事の一部を代わりに行っていただけなんだけれど、そうもいかなくなったんだ。国民からの陳情も今度から僕が対応するようにと言われてしまって」

「……とても忙しそうですね」

「ああ。だから、もしかしたら立太子の儀が終わるまでは会えないかもしれないと、手紙に書いたのだけど」

レベッカは、小さく笑うエリオットの頬にそっと触れた。いつも余裕の笑顔でキラキラと輝いている印象の彼が、疲れているように見えて。

「きちんと寝ていますか？」

「どうにかかね。倒れるわけにもいかないし」

そうは言うものの、以前にはなかったうっすらとした目の下のクマが、エリオットが無理をしていることを物語っている。

レベッカは彼を労《いた》わるように目元にキスをした。大人しく受けてくれるので、頬に、額《ひたい》に、唇に、何度もキスの雨を降らせる。

「くすぐったいよ」

「少しだけ、我慢してください」

笑いながら返すと手首を掴《つか》まれ、あ、と思った時には唇を塞がれていた。ほんの少しかさついた唇から、彼の疲れが伝わってくる。

彼の負担を少しでも和《やわ》らげることはできないだろうか。自分がこれまで安穏と過ごしてきたことが悔やまれる。

レベッカがこの国のことを学び始めたのは、前世を思い出してからだ。彼の力になりたいと思うのに、政治について助言できる能力などない。

「……帰したくないな」

「え？」

物思いにふけっている間に背中に手が回っていたようで、ぎゅっと抱き締められた。

そのまま身体が傾きソファに背中がつくと、エリオットの顔が上に見える。

「このまま帰したくない。君の行動は予想がつかないし、また僕の知らないところで誰かを誘惑しているかもしれないしね」

ワンピースのボタンをぷちりと外される。入城する際に門兵に対してしたことを指しているのだろう。

「あれは必要に迫られて仕方なくと言いますか」

「ルイスにもやっていただろう」

「していましたが、あれも仕方なくですね――」

「レベッカは『仕方なく』が多いな」

ぷつんぷつんとボタンが外されていく。それ以上脱がされると胸がすべて見えてしまう。

エリオットはまだ仕事がたくさん残っているし、何よりここは執務室だ。いつ誰が来るかも分からないというのに。

「待ってくださいっ」

レベッカは慌ててエリオットの手を掴《つか》んだ。

「さすがにここでは――」

「じゃあ移動しようか」

「えっ」

急に抱き上げられて身体が浮いた。浮遊感が心もとなくて、咄嗟《とっさ》に彼の首にしがみつく。

「エリオット、仕事が！」

「そうだね、良くないね」

そう言いながらも、エリオットは器用にドアを開けて廊下に出た。向かっている先が彼の寝室だと気が付き、レベッカの顔が熱くなる。

「私、今日はそんなつもりではなくて」

「それではどんなつもりだったのかな？」

「どうしているのかなと、ただ気になって。顔を見ることができればそれで――」

「なんだ、それだけで満足だったの？」

小さく笑われ、なんだかからかわれた気がしてむっとした。思わず頬を膨らませてしまう。

「それだけで満足だったんです。忙しくて私のことを思い出しもしなかったエリオットには想像できないかもしれませんが！」

「……思い出しもしない？」

「確かに私のことまで考えている余裕がないのは仕方がないと思いますし、それに不満があるわけではないですけれど」

少しだけ顔を見ることができればそれだけで安心する、そんなささやかな女心を笑わなくてもいいだろう。レベッカは手紙の返事がないことが気になって仕方なかったというのに。

やがて寝室にたどり着くと、エリオットはレベッカをそっとベッドに下ろした。このまま流されるのは悔しくてキッと見上げると、笑顔なのにどこか怖いエリオットに肩を押された。柔らかいベッドに身体が沈む。

「そんな風に思われていたなんてね。僕がレベッカを思い出しもしない？　毎日レベッカに会いたくてたまらなくて、でもどうしようもなくておかしくなりそうだったのに」

「エ、エリオット？」

「久し振りに会えたと思ったら、門兵に君の肌を晒《さら》していたことを知らされた時の気持ちが分かる？　レベッカとずっと一緒にいたくても、このあとまた家に帰さなければいけない僕の気持ちが」

「……あ、あの……ちょっと待っ」

エリオットの手がボタンを外し、ワンピースを肩から落とした。下着に包まれた胸が、エリオットの大きな手で持ち上げられる。

「僕がどれだけレベッカを愛しているのか、二度と疑う必要なんかないくらいに叩き込んであげるよ」

「ひゃん！」

下着の上から胸の飾りを爪でひっかかれた。もどかしいながらも、エリオットによって拓《ひら》かれた身体はそこから快感を拾ってしまう。期待に太ももが震えた。

「見て、もう尖っているね」

言われて見つめると、丸みを帯びた下着の真ん中がそれぞれつんと下から押し上げられている。ほんの少し刺激されただけで素直に反応してしまったことを指摘され、レベッカの頬が熱を持つ。

「やめてくださ……あっ」

はだけられたワンピースを直そうとする前に、下着を下ろされた。大きく重量のある双丘がぷるんと勢いよく揺れながら空気に晒《さら》される。まるで窮屈さから解放されたのを喜んでいるように、色付いた頂点をぷっくりと立ち上がらせて。

そこにエリオットが音を立てて口づけた。レベッカの背中に甘い痺《しび》れが走り、高い声が漏れる。

エリオットと目が合うと、彼は楽しそうに微笑んだ。その表情に嫌な予感がしたが、逃れる術《すべ》などない。

彼は柔らかい胸の形を変えながら、頂《いただき》を弄《もてあそ》ぶ。片方は指で、片方は唇で。ねっとりと舐め上げ、唇で食《は》まれたあとに歯を立てられた。同時にきゅっと指先で摘《つま》まれ、レベッカの足がシーツを蹴って皺《しわ》を作る。

「んん、ふぅんっ」

火傷《やけど》しそうなほど熱い口内と柔らかな舌、固い歯と指先。色々な刺激に晒《さら》され、レベッカの吐く息の温度が上がる。

ふと、レベッカは眩《まぶ》しさを感じて目を細めた。カーテンの向こうでは太陽が高く昇り、温かな光が差し込んでいる。

「だめ……、こんな、時間からっ」

「そうだね。時間はたっぷりあるから好きなだけ感じるといい」

思い留まってもらうための言葉が、あっさりと流されてしまう。そうこうしているうちに、かろうじて腕に引っかかっていたワンピースも脱がされ、秘部を覆う下着だけになった。

長い指が太ももを撫で、足の付け根にたどり着く。くちゅりと音を立てながら薄い布地を押し込まれた。そこから与えられる快感を思い出して、レベッカのお腹の奥がきゅんと高鳴る。

「汚したらいけないから脱ごうか」

エリオットの言葉にレベッカは小さく首を振るが、やめてくれることなく下着が足から引き抜かれた。ひんやりとした空気を感じて、すでに濡れていることを悟る。

指で触れられるのか、それとも舌で愛撫されるのか。そう覚悟してシーツを握り締めたが、予想に反してエリオットはまた胸に手を伸ばした。

「……え？」

思わず声をあげてしまったレベッカを見て、彼が楽しそうに笑う。

「そんなに焦らなくても、時間はあると言っただろう？」

まるでレベッカの方が欲しがっているような物言いだ。思わず反発心が芽生え、強気に睨《にら》み返した。

「それでしたらもう、お好きになさって」

「では遠慮なく」

レベッカの気持ちなどお見通しなのか、エリオットは弾んだような声で胸に唇を寄せた。しかし今度は尖り切ったそこではなく、膨らみの下の方へ。

覚悟していた強い刺激ではなく、どこかむずがゆい。思わずくすくすと声が漏れてしまった。

「くすぐったい？」

「はい……っ」

「我慢はできそう？」

「だ、大丈夫です」

答えると、エリオットが唇を滑らせた。舌で胸の下のラインをなぞりながら、時折肌にキスをされる。最初はくすぐったさを感じていたレベッカだったが、そこかしこに同じことをされているうち、だんだんと吐息が荒くなっていった。

ちゅ、ちゅ……とエリオットの唇が鎖骨を通り、柔らかな胸の上部にたどり着く。固く尖りきった飾りに近づくと、心臓がうるさいくらいに鼓動した。しかしふっと微かに息を吹きかけられただけで、あっさりと顔が離れてしまう。

「エリオット……？」

意図が分からずに彼の名前を呼んだレベッカだったが、突然身体をひっくり返されて、今度は背中にキスを受ける。

「あの……？」

「好きにさせてくれるんだろう？」

確かにそう言ったのは自分なので、レベッカは小さく頷く。

エリオットが背中を舐めながら移動する感覚を追っていると、足の付け根が疼いてきた。レベッカは顔を枕に強く押しつける。そうでもしないと勝手に腰が揺らめいてしまいそうだったからだ。

そんなレベッカの心境を知ってか知らずか、エリオットはレベッカのお尻に音を立ててキスをした。

「あ……そこは、だめです！」

「なんで？」

「汚いですし、恥ずかしいっ」

「レベッカに汚いところはないよ。恥ずかしいことは、慣れるように頑張ろう」

「そんな……んっ！」

尻たぶを掴《つか》まれ、まるで胸を愛撫するかのように揉まれる。もちろんそんなことをされるのは初めてだ。羞恥《しゅうち》に加えて、エリオットの手が動く度に秘部までわずかに揺れるので、たまらない気持ちにさせられた。

しかし自分から触ってなどと言うことができないレベッカは、ただ与えられるもどかしい愛撫を享受することしかできない。エリオットのキスを背中やお尻にたっぷりと受け、再度上を向かされた時には、とろけた表情で熱い吐息で胸を上下させていた。

それを見て満足したのか、エリオットは満面の笑みでレベッカの唇に触れるだけのキスをする。

「ここ、触ってほしい？」

エリオットが胸の尖りの色付いた周囲をくるりと指で撫でた。レベッカが小さく頷くと、彼は細い足を割り開いてくる。

「下の方が切羽詰まっているんじゃないかな？」

「……っ」

熱で潤んだレベッカの瞳が揺れた。

まだほとんど触れられていないはずのそこは、大きくさらされたことによりとろりと蜜をこぼしている。震えた花びらが刺激を待ち望んでいることは一目瞭然《いちもくりょうぜん》だろう。

レベッカの呼吸が浅くなる。

「あ……あの」

「ん？」

エリオットが優しい笑顔でレベッカを見つめる。

その顔だけで悟った。

触れてほしいと、レベッカから言わせたいのだと。

そういえば、エリオットは以前も「気持ち良い」と口にさせたがっていた。どうもレベッカが恥じらっているところを楽しむような、そんな意地悪な一面があるようだ。

自分ばかりが翻弄されていることが何だか悔しくて、レベッカはぷいと顔を背けた。

「別に触ってもらわなくても平気です」

「そうなの？」

こう言えば彼の方が焦るのではないか——という目論見《もくろみ》は見事に外れる。エリオットはあっさりと頷くと、大きく開いた太ももへ口づけた。

「じゃあ根競べだね」

「根競べ……？」

「レベッカが欲しがるのが先か、僕が我慢できなくなるのが先か」

「ほ、欲しがったりなんてしませんっ」

「僕も頑張るよ」

くすくすと笑いながら、エリオットが舌先で足を舐める。しかし付け根に近寄るのではなく、つま先の方へと向かっていく。そこなら、いくら刺激されようとこれ以上快感によって追い詰められることはない。

太ももから膝、ふくらはぎから足首まで、尖らせた舌先でくすぐるように愛撫される。時折キスの音と感触が刺激となって、秘部の花びらがひくんと揺れた。エリオットが恭《うやうや》しく足を持ち上げるのを、荒い息を吐きながらぼんやりと眺める。

しかしつま先にキスをされた途端、我に返ったレベッカは大きく目を見開いた。

「だめ……っ！　そんなところ汚いです！」

「さっきも言っただろう？　レベッカの身体に汚いところなんてないよ」

「そんなの嘘……っ、あ、んんっ」

レベッカが見つめる中、エリオットは赤い舌を出して足の指を舐め上げた。身体の末端の、普段であれば意識もしない場所で、常であればくすぐったさを感じるところだ。

だというのに、エリオットの舌によって性感帯に変えられてしまったかのように感じてしまう。

指の一本一本を丁寧に愛撫するように舐められ、レベッカはベッドの上で身悶《みもだ》えた。

「本当にレベッカは、どこもかしこも可愛くて愛おしいよ」

「ああ……ん！」

足の裏を舐められた刺激に、びくんと蜜壺が反応する。とろりと蜜が垂れたのが彼にも見えただろう。

小さな反抗心は、ねっとりとした責め苦にとうとう音《ね》を上げた。レベッカは唇を噛みながら、エリオットに濡れた瞳を向ける。

「ごめ……なさい」

「ん？」

「もう、意地悪しないで……」

レベッカの懇願に、エリオットはふわりと微笑む。

「触ってほしくなってしまった？」

「はい」

「どこを？」

「……っ」

はしたないことを言わせるつもりなのだと理解して、レベッカはこくりと喉を鳴らした。目を逸らし、シーツを握り締める。

「は……恥ずかしいところ、を」

「それでは分からないよ。ここも、レベッカは恥ずかしがっていただろう？」

エリオットがちゅっと音を立てて足の甲に口づけた。これ以上のことを口にできるはずもなく、レベッカの唇がわなわなと震える。しかし——

「……ここ、を」

身の内をじりじりと焦《こ》がす熱にあらがえず、指でそっと足の付け根を指し示した。顔から火が出るというのはこういうことを言うのだろう。

「分かった」

エリオットが頷いた気配に、ほっと息を吐く。これで苦しさから解放されると思ったら、なぜか彼はレベッカの反対の足を持ち上げた。

「こっちの足も可愛がったあとに、触れてあげるね」

「っ……そんな、あぁ！」

エリオットが持ち上げた太ももに舌を這わせる。そのまま上に進むことなく、膝の方へと遠ざかってしまう気配に、レベッカはもどかしくなった。

「違うの……っ、そっちではなくてっ」

「順番だから、焦らないで？」

「んんっ！」

ことさらじっくり、エリオットが太ももを撫でてねぶる。手で、舌で、肌をくすぐり続ける。膝を掴《つか》まれ、太ももの裏の方まで味わわれた。

「嫌ぁ……っ、そこじゃない、そこじゃないのぉ」

レベッカが身体をくねらせながら懇願するが、エリオットはくすくすと笑うばかりで一向に熱くとろけたところには近づこうとしない。身体を起こし、見せつけるようにふくらはぎを赤い舌で撫でていくその顔を見上げ、レベッカはたまらずエリオットの手を取った。

「お願い、こっちを……っ」

自《みず》ら彼の手を秘部へと導く。固い指先が腫《は》れ上がった秘芽に当たり、それだけで官能的な声が漏れる。しかしその指は、涎《よだれ》をこぼす蜜穴を刺激することなく離れてしまった。

「あ……なんで……」

物欲しい気持ちを隠す余裕もないレベッカに、エリオットはなだめるように「だめだよ」と優しく告げる。そして指についた蜜をつま先に滑らせ、そこを舐め上げながらレベッカを見つめた。

「順番だと言っているだろう?」

「……っ」

エリオットはこれまで、レベッカが求めれば応えてくれた。こんなにも焦《じ》らされるのは初めてだ。

「エリオット……っ、ほしいの、お願い……触ってぇ」

舌の動きに翻弄されながら、レベッカは必死に頼み込む。淑女としてありえない言動だと理解しているのに、腰がゆらめくのを止められない。我慢させられればさせられるほど、肌が鋭敏になっていくようだ。頭がエリオットに与えられるものでいっぱいになり、一挙一動に夢中にさせられる。

「指で触るだけでいいの？」

「だけ、って……？」

「舐めたりしてほしくはない？」

エリオットの赤い舌を見て、きゅんと花びらが収縮した。

「ほしい……っ」

「だったらちゃんと口にして」

「エ……エリオットに舐めて、ほしいです！」

「どこを？」

「ここ、をっ」

もはや羞恥心《しゅうちしん》よりも渇望の方が勝り、レベッカは自身で足を抱えて開いてエリオットにそこを晒《さら》した。

ひくついた花びらから蜜が溢れてシーツにこぼれ落ちる。その光景を見たエリオットが喉仏を上下させた。レベッカの額《ひたい》に音を立ててキスをすると、身体の位置を下にずらす。

「そうやって求めていいのは僕だけだ。分かるね？」

「はい……っ」

「良い子だ」

レベッカの胸が期待に高鳴った瞬間、膨らんだ秘豆を舐め上げられた。これまで焦《じ》らされたせいか、その刺激だけでつま先がぴんと伸びて蜜壺が痙攣《けいれん》する。

「ああ……っ！　んーっ」

　震えたままの隘路にエリオットの指が挿入された。秘豆を舌で柔らかく刺激しながら、中を掻き混ぜられる。どちらの動きも優しいのに強烈に感じて、レベッカは背中を浮かせて絶頂した。

「あ……、ぁあっ！　ま、って……ぇ！」

「大丈夫だよ、そのまま達してごらん」

「あ、ああ！　またっ……んんっ！」

　びくんとまた身体が痙攣《けいれん》する。つい先ほどまでのもどかしさとは対極の強すぎる快感が全身に広がり、つま先が空中を蹴り上げた。

「だめ……、だめぇ、もう……っ！　今、気持ちよくっ、なった……ばっかりぃ！」

「分かっているよ。でもほら、達したばかりでここを触られると……もっと気持ち良いだろう？」

「あっ、あっ！　ああーっ！」

　この前教えられた場所を指で刺激され、身体が跳ねて止まらなくなる。びくんびくんと、レベッカの意思と関係なく手足が揺れる。濡れた舌に舐められて目の前が白くなる。

「もしかして、また達してる？」

「あ、ああっ！　とまら、な……っ！　あ、ああーっ！」

　エリオットから与えられる快感が容赦なくなる。レベッカの制止の声は聞き入れられず、悲鳴のような嬌声が断続的に上がった。

　未だにエリオットは服を乱しもしていないのに、レベッカだけが一糸まとわず蜜を溢れさせているのだ。その差異が恥ずかしくて頭がくらくらする。

「っ、はぁ……っ」

絶頂の合間にどうにか浅い呼吸を繰り返した。エリオットの唇に触れられるところがどこもかしこも熱くてたまらない。気持ち良すぎておかしくなりそうだ。

「可愛いね」

目を細めて笑い、エリオットはレベッカのおへそにキスをした。

「ねぇレベッカ、僕がどれだけ君を求めているか分かったかい？　本当は政務も何もかもすべて投げ出して、ずっと君とこうしていたいと思っているんだよ」

そう聞かれて、頷きたいのに頷けない。エリオットの指が止まらず、身体の痙攣《けいれん》がずっと続いているせいだ。

何も言えないレベッカに気付いてくれたのか、ちゅぽんと指が引き抜かれた。そんな刺激にすら高い声が漏れて、身体が跳ねる。断続的に続いていた高い波がやっと落ち着いて、レベッカはぐったりした。

「はぁ……あ……はふ」

エリオットのことは好きだけれど、こんなことになるなんて身体がもたない。

この人は笑顔で怒るタイプなのかもしれない。穏やかに笑う裏に、こんな激しさが隠れているとは知らなかった。今後行動には気を付けようと心の底から誓う。

「……エリオット」

「ん？」

「なぜ、脱いで……いるの？」

バサリという音がした方を見ると、そこには隙なく身に着けていた服を脱いでいるエリオットがいた。引き締まって無駄のない身体に、例の美しい顔にはそぐわないものが見えている。ひくりと顔を引きつらせたレベッカを見つめながら、エリオットは髪をかき上げた。

「なぜって、レベッカと愛し合うためだよ」

どうしてそんな当たり前のことを聞くんだと言わんばかりの言葉に、レベッカの喉の奥がひゅっと鳴った。

「きょ、今日はもう……っ」

限界だ。気持ち良いのはお腹いっぱいで、これ以上入らない。

「エリオットの気持ちはとってもよく伝わりましたから」

そう言いながら、レベッカはシーツの上を這ってエリオットから距離を取る。彼にお尻を向けるという恥ずかしい格好だが、仕方がない。

「レベッカのそういうところが可愛くて大好きなんだけれど……心配なんだよね。どこか抜けてるというかさ」

「え？」

「男を誘惑する割に『分かっていない』ことが多いよね」

がしっと逃げる腰を掴《つか》まれた。

「あの、エリオット……？」

「とりあえず不用意に男に背中を向けてはいけないと、学ぼうか」

「あっ、ひゃああっ！」

腕の力が強くて動けないでいると、熱く漲《みなぎ》った何かをお尻の下に感じた。

ずぷりとそのまま、身体の中に入ってくる。

散々指でかき回されたおかげで、以前のような痛みは一切感じない。その代わりに指よりも強い快感が背筋を駆け上る。

「……っ、は！　すごい、な。時間をかけたせいか、柔らかくて絡みついて、くる」

「あっ、あっ！」

「ほらレベッカ、簡単に奥まで入ってしまったよ？」

「ま……って、これ……これっ！」

後ろからエリオットの身体で押さえつけられていて身動きが取れない。自分の中に入っているエリオットの形がやけにはっきり伝わってきて、一気に熱が上がる。

「分かるよね。君のその可愛らしい力では、抵抗できないって。誰彼構わず誘惑して、僕以外の男にこんなことをされたらどうするの？」

「っ……ああっ！」

どちゅんっ！　という音と共に衝撃に襲われる。耳元で囁《ささや》かれる言葉は落ち着いているのに、身体に与えられる熱は激しい。

「それともレベッカは、僕以外とも……誰とでも、こんなことをしたいの？」

「やっ……あ、そんな……っ！　や！　エリオット、しか……！」

「でも君がしているのは、そういうことだよ。男の情欲を煽《あお》り、こういうことをしたいと思わせている」

濡れた音と皮膚のぶつかり合う音が部屋に響く。そしてレベッカの甘ったるい悲鳴も。

こんなに恥ずかしくて気持ち良いことは、エリオットとしかしたくない。彼とだからできることなのだ。

「ごめんな、さい……っ！　ごめんなさいっ！」

「もうしないと、約束してくれる？」

シーツに顔を埋《うず》めながら、レベッカはこくこくと頷く。

するとエリオットの手が身体とシーツの間に入ってきて、胸を包まれた。柔肉と共にきゅっとその先端をつぶされ、ぞくんとまた背中が震え、か細い悲鳴が上がる。

「レベッカが着たいものを着てほしいとは思うけれど、触らせるのも自分から押し付けるのも僕だけだよ。良いね？」

「んんっ！　ん、わか……分かりまし、たぁっ！　ぁあんっ」

もしかして門兵に通行証を出していた時に見られていたのではないかと思うほど、心臓が冷えた。

そんなはずはないと分かっていても罪悪感で胸が痛む。

身体を武器にするのは、もう止めよう。元々すべて前世で得た知識を見様見真似で演じていただけだ。目的がなければそうする必要はないし、エリオットを心配させてまで自由に振る舞いたいわけでもない。

レベッカはどうにか後ろを振り向いて、エリオットと視線を合わせた。

「私が好きなのは、エリオットだけ……こういうことをして嬉しいのも、エリオットだけです」

「……っ」

エリオットが目を見開いて動きを止めた。変なこと言っただろうかとレベッカが不安にかられていると、ぐしゃぐしゃと髪をかき上げたエリオットが「ああもう」と吐き捨てた。

そしてまた、あのなぜか不穏に見える笑みを浮かべる。

「今日は本当に帰さないから。政務も明日以降に回す。会えなかった分とこれから会えない分、すべて今日もらうから覚悟して？」

そう言って、エリオットは噛みつくようなキスした。

水音を立てて腰を打ち付けられる。衝撃に耐えきれずレベッカがシーツに突っ伏すと、腰だけを持ち上げられた。まるで獣《けもの》の交尾のように、エリオットにお尻を突き出すような格好だ。

羞恥《しゅうち》を覚えるものの、ぱんっと肌がぶつかる音と快感にそれも吹き飛ぶ。

彼が欲しいと本能を揺さぶられる。

「エリオット……、エリオットっ！」

「すごい……まるで、搾り取られるようだっ」

彼の言葉に余裕のなさを感じ、それだけ自分に夢中になっていることに嬉しくなる。

「ほしい、です……！　エリオットが、ほしいの！」

嬌声の合間にどうにか伝えると、エリオットが背中に覆いかぶさってきた。互いに汗ばんだ肌が密着して鼓動が重なる。

「ちゃんと、受け止めてね？」

何度も頷くと、隘路を行き来する激しさが増した。シーツを掴《つか》む指をほどかれ、指が絡み合う。レベッカの手をすっぽり包んでしまえるその大きさに安心感を覚えていると、最奥を突き上げられた。

「あ、ああーっ！」

「……っ」

目の前がチカチカと明滅するのと同時に、中に熱いものが放たれたのを感じた。脈動する凶器から最後の一滴まで享受するように、隘路が収縮して絡みつく。

互いに荒い息を吐きながら、隅々まで快感を味わう。以前のように彼の指で秘芽をいじられ導かれた時とはまた違った、身体の奥底まで満たされるような感覚だ。

エリオットをこれまでになく身近に感じ、レベッカは満足げなため息をついた。

「大丈夫かい？」

耳元で気遣うように囁《ささや》かれ、小さく頷く。

「とても……気持ち良かったです」

羞恥《しゅうち》から目を伏せたまま口にしたレベッカの耳に、優しいキスが落とされた。そのまま頬や首の後ろに音を立てて唇が触れる。くすぐったさに顔を上げると、ぐるりと身体を回された。

「ひゃ……あんっ」

その瞬間、身体を電流のような強い刺激が走る。

「どうして……」

彼のものは存在を主張したままなのだろうか。

太く大きなそれは、レベッカの蜜壺をみっちりと押し広げている。

男性は一度放てば落ち着くのではなかったかと目を白黒させるレベッカの額《ひたい》に、そっと口づけが落とされた。

エリオットの琥珀色《アンバーアイ》の瞳が怪しく光る。

「大丈夫そうなら何よりだ。今日はこれで終わりではないからね」

◇　◇　◇

身動きができなくて苦しい。

しかしそれは不快感ではなく、ぬくもりと安心感だ。とくんとくんと一定のリズムを感じて、それがまた心地よい。

レベッカが目を開くと、見慣れないものが目に入ってきた。瞬《まばた》きをしたあとに、それが男の人の首筋だと気が付く。

「起きた？」

「……えりおっと」

「おはよう。無理して喋《しゃべ》らなくていいよ」

キスをされて、レベッカは黙ったまま頷く。声がガサガサで喋《しゃべ》りづらかったからだ。

するりと拘束が緩《ゆる》むと、自身がエリオットに抱き締められていたことに気が付いた。

「ちょっと酷使しすぎたからね」

苦笑しながらエリオットが身体を起こす。

カーテンの外は暗い。夕方あたりまでエリオットに揺さぶられていたことは覚えているので、かなり長い時間彼と睦《むつ》み合っていたという事実に驚く。

「起きられる？　こうなるのではないかと思って、果実水を用意させたのだけれど」

ベッドサイドにはいつの間にかカットフルーツが浮かべられた水が用意されていた。レベッカにはエリオットに抱かれているところまでしか記憶にないのだが……

用意させたとはいっても受け取っただけで、この部屋に入ってきて寝ているところを見られたなんてことはないだろう。とはいえ、レベッカが寝室にいることには気付いたかもしれない。

婚約者だから問題はないが、ベッドで何をしていたのかを知られるのは恥ずかしすぎる。

思わず頭を抱えると、エリオットに心配そうに顔を覗きこまれた。

「レベッカ？　大丈夫？」

「……は、はい」

考えてもどうしようもないため、気にしないことにしようと気持ちを切り替える。というより、気にしたらもう王城の中を歩けなくなる。

レベッカが起き上がろうとすると、身体に痛みを感じてベッドに倒れた。

「えりおっと……からだが、いたいです」

「やっぱり無理させてしまったか。ごめんね」

心底悪いとは思っていないそうな顔をしながらも、エリオットはレベッカの身体を起こした。そして背もたれ代わりだろうか、レベッカの後ろに座って身体を支えると、グラスを手渡してくれる。

果実水はほどよい甘みと爽《さわ》やかさで、一気に飲み干してしまった。

「もっと飲む？」

「ほしいです」

掠れ声が少し改善した気がする。水差しから注いでもらい二杯目を口にすると、エリオットがいつも以上に柔らかく自分を見ていることに気が付いた。

「どうしたんですか？」

「目が覚めた瞬間にレベッカが腕の中にいて、こうして素肌で触れ合っていられることが嬉しいなと思って」

見下ろすと、二人とも裸のままだった。改めて言われると恥じらいが湧き上がり、レベッカはシーツを胸元まで持ち上げる。そんな仕草も可愛らしいと言わんばかりに、エリオットがクスクスと笑った。

「レベッカ、僕の立太子の儀が終わって落ち着いたらさ」

「はい」

「結婚しよう」

……ぽかんとエリオットを見上げた。

「そういうことを、こういう時に言います？」

二人とも裸、レベッカの身体は筋肉痛で、メイクもぼろぼろだ。こういうのはもっと雰囲気がある時に言うことなのではないだろうか。

「レベッカが求めるなら、喜んでシチュエーションを改めてから申し込むけれどね。レベッカと毎日一緒にいられたらどんなに幸せだろうなと、今思ったことを言いたかったんだよ」

幸せ。その言葉そのものを体現するかのように、エリオットは穏やかに微笑むと、ゆっくりと顔を近づけてきてキスをした。近くで絡み合う視線がとろりと溶け合う。

ああ、確かに。

こんな風に触れ合いながら同じ時間を過ごせたら、それはどんなに幸せなことだろう。エリオットが忙しくても、結婚して一緒に暮らせられれば簡単に顔を合わせられるし、疲れているエリオットをいたわってあげることもできるはず。

「……エリオット」

「返事は落ち着いてから改めて聞かせてほしい」

「今でも時間を置いても変わらないと思いますけれど」

「変わったら困るなぁ」

「それは確かに」

二人で目を合わせ、声を出して笑い合った。

「遅くなってしまったけれど、送るよ」

「ありがとうございます」

「早く朝まで一緒にいられるようになるといいね」

触れるだけのキスを交わし、抱き締め合う。レベッカも思いは同じだ。

身支度を整え、エリオットに支えられるようにして部屋を出る。会話をしながら馬車に向かう間、ずっと腰に腕を回されていたが、浮かれた気持ちでいられたのは城の正面扉を出るまでだった。

「レベッカ！」

「お父様!?」

ちょうど目の前に停まった馬車から勢いよく出てきた父に、レベッカの目が丸くなる。

父の後ろからグレッグまで降りてきた。レベッカたちの姿を認めた途端、二人の表情が険しくなる。軽く身支度を整えたとはいえ、エリオットとレベッカの親密な距離感に察するものがあったのだろう。父がふらりと後ずさり、入れ替わるようにグレッグが荒い足音を立ててレベッカに近寄る。

「レベッカ……伏せっているはずなのに部屋にいなかったから、お前付きの使用人を問い詰めたら……やはりこんなことだろうと思った」

「グレッグお兄様、どうして」

どうして二人がここにいるのか、突然のことに頭がついていかない。

もしかして、アンナは責められたのだろうか。彼女は何も悪くないというのに。

自分のせいだときゅっとスカートを握り締めたレベッカの手を、エリオットが優しく包んだ。

「ウォルター公、いくら貴公でもこのような時間に突然の登城は常識外れでは？」

「それはこちらの台詞《せりふ》ですな、エリオット殿下。一体いつから娘と、こんな……」

「僕たちは正式な婚約者です。これは僕たち二人の問題であり、貴公に報告する義務もなければ指図されるいわれもありません」

エリオットの堂々とした主張に、ぐっと父が言葉を詰まらせる。

表立っては誰も口にしないが、正式に婚約している者同士であれば、婚前に身体の関係を持つというのはよくあることだ。花嫁に純潔を求められたのはもう過去のことで、それは父も理解しているはず。

しかし、父はエリオットを厳しい目で睨《にら》みつけた。

「いいや、言わせてもらいますぞ！　レベッカの気が弱く断れない性格を利用し、強引に事に及んだのでしょう！　グレッグの言った通りだった。貴方には失望しました！」

レベッカ！　と父が声を張り上げる。

「エリオット殿下との婚約は破棄する！」

「お父様!?」

「何を、突然っ」

思いもよらないことを言われ、レベッカとエリオットは目を見開く。

「帰るぞ！」

父の言葉を受けてグレッグが腕を掴《つか》んできたが、レベッカはそれを振り払う。

「嫌です！　きちんと話を聞いてくださいっ」

「落ち着いてください、ウォルター公。そんな一方的な暴挙が許されるはずがないでしょう？」

勢い込んで言う二人を一瞥《いちべつ》したが、父はそれ以上何かを言うことも発言を撤回することもなかった。さっさと馬車に乗り込む背を追おうとしたエリオットに、グレッグが立ち塞がる。

「そこをどくんだ、グレッグ・ウォルター」

だが、低い声を出して命じたエリオットを止めたのは、レベッカの方だった。彼の腕を引き、ぎゅっと手を握る。

「お父様は頭に血がのぼっているだけだと思います」

そもそも父が決めた婚約なのだ。いくらウォルター公爵家が強大な権力を持っていようと、正当な理由や国王陛下の承認もなしに勝手はできない。

そうであるはずだと、レベッカは無理やり自分を落ち着かせる。

父もおそらく、内気で人見知りするレベッカが、まさか婚前に身体の関係を持つなど想像もしていなかったから動揺しただけだ。

「私がお父様を説得します」

「けれど――」

「お願いします、私を信じて任せてください」

「……分かった」

冷えた指先を温めるようにエリオットに手を握り返された。彼も落ち着こうと努力しているのが伝わってきて、二人で小さく頷き合う。

「馬車に乗るんだ、レベッカ」

まるで父の手先のように威圧的なグレッグに、レベッカはせめてもの反抗の意を示して顔を背けたまま馬車に乗り込んだ。

◇◇◇

翌朝、レベッカが目覚めた時には、父はもう家を出たあとだった。

昨夜の帰りの馬車の中で、エリオットとは互いに気持ちを通わせているのだとどんなに主張しても聞き入れてもらえず、家に着き次第グレッグに部屋に押し込められてしまったのだ。

早朝に父と話をしようとしたが、すでに馬車で出て行ったとのことだった。

「申し訳ありません、レベッカ様。私が……っ」

急ぎ足で部屋に戻ったレベッカに、アンナが勢いよく頭を下げた。

「泣かないで、アンナ」

「でも私が、レベッカ様はエリオット殿下のところに行ったと——」

「お父様とグレッグお兄様に問い詰められたのでしょう？　大丈夫、分かっているから」

遅くまでレベッカの姿が見えないことに焦った父とグレッグが、レベッカ付きのアンナを問い詰めたことは簡単に想像がつく。

「レベッカ様は体調不良で伏せっているということにしていたのです。夕刻にエリオット殿下の使者がいらした時は、たまたま私が応対できたので事なきをえたのですが、旦那様がレベッカ様をお見舞いしたいと部屋に入られてしまって」

「それで、私がいないことに気が付いてしまったのね」

結果的に上手くいかなかったとはいえ、レベッカをかばおうと行動してくれたアンナの気持ちが嬉しい。

「悪いのだけれど、すぐに外出の準備をしてくれる？」

「お出掛けになるのですか？」

「お父様を説得しないと、本当にエリオット殿下との婚約を解消されてしまうもの」

アンナは厳しい顔をしながらも頷いて、すぐに動いてくれた。

「お身体は大丈夫ですか？」

レベッカの身体に残る赤い痕から、何が起きたのか察しているだろう。以前は筋肉痛で動けなかったし、今も身体はギシギシいっている。しかし休んでいる暇はなかった。

レベッカは用意してくれたドレスに急いで袖を通し、支度をして部屋を出る。

「急いで馬車の用意を――」

「どこに行くつもりだ？」

「……グレッグお兄様」

いつの間にか部屋の前にいたらしいグレッグに廊下を塞がれた。大きな身体で立たれるとまるで壁のようだ。どうやらレベッカの考えはお見通しの上で邪魔をしにきたようだ。

「どいてください」

「駄目だ。伯父上《おじうえ》にレベッカを任されたからな」

「そんなことは知りません！　私はすぐにお父様のところに――きゃあ！」

突然足をすくわれるように抱き上げられた。グレッグがレベッカを抱えたまま大股で部屋に入り、アンナを廊下に残した状態でドアの鍵を締めてしまった。

「グレッグお兄様、離してください！　私は王城に行くんです！」

「黙らないと舌を噛むぞ」

「え、きゃうっ」

軽く投げられるようにベッドに下ろされた。クッション性のあるベッドだったおかげで痛みはなく、すぐに身体を起こす。

「何をするんで――」

レベッカは文句を言おうと振り返ったが、すぐ目の前にあったグレッグの顔に驚いて言葉が途中で止まる。

「グレッグお兄様……？」

距離を取ろうとベッドの上を後ずさろうとして、とんと肩を押された。背中からベッドに沈むと、顔のすぐ横に両手をついたグレッグに見下ろされる。

レベッカと同じ黒い瞳に、静かに燃える炎のような色が揺らめいている。

ふっと、薄い唇の端が持ち上がった。

「……小さな頃から大切にしていたレベッカを、あんな男に奪われるとはな」

「あんな男って……っ」

「俺の方が、ずっとお前を特別に想ってきたというのに」

吐き出された微かな声に潜《ひそ》む感情に気付いたのは、レベッカも同じ思いをした経験があるためだろう。

ずっと優しくて大切で大好きな兄を、それ以外の存在として考えたことなどなかった。今もありえないし、自分の思い過ごしだと信じたい。

ふと胸に湧いた疑問を笑ってほしくて、レベッカは口を開いた。

「グレッグお兄様は、まさか……」

声が震えるのはどうしてだろうか。

「私を妹としてではなく、一人の女性として好き……なんですか？」

グレッグがほんの少し目を丸くして笑った。その表情はありえないことを言い出す妹に向ける慈愛ではなく、相手への愛おしさを滲ませている。

「今まで気が付く気配すらなかったというのに。あの男に何か吹き込まれたか？」

「エリオット殿下は何も言っていません。……私の勘違いではないのですか？」

「好きかどうかが？　……そんな生易《なまやさ》しい言葉では足りないな。レベッカにとって父親である伯《お》父上《じうえ》以外の『男』は俺一人だっただろう？　お前の世界には、これまでもこれからも俺だけで充分だったのに」

黒色の瞳の底が知れない気がして、背中がゾクリと冷えた。グレッグに対して恐怖とも呼べる感情を抱くのは初めてだ。

「けれど、だって、従兄妹《いとこ》なのに」

「従兄妹《いとこ》ならば結婚できる。お前は一人娘だから、俺が婿に入るつもりだった。内気で人見知りで、家の外にもほとんど出ないお前が社交界に出ることはないだろうと思い、箔《はく》を付けるために数年の約束でミナスーラ王国の大使の任を受けたのが間違いだった」

エリオットとは違うゴツゴツとした手に頬を撫でられ、肌が粟立《あわだ》つ。この手は違う、と身体も心も拒絶する。優しかったはずの兄が、知らない男の人にしか見えない。

「まさかあんな王族のなり損ないに嫁がせようとするなど、伯父上《おじうえ》も何を考えているのか」

ため息と共に吐き出された言葉に、レベッカが目を見開く。

「どうして、そのことを……」

「伯父上《おじうえ》が教えてくださった。伯父上《おじうえ》の引退後には『殿下を支えてほしい』などとおっしゃっていたが……その結果、レベッカが汚されてしまうとは」

パンッ！　という乾いた音が部屋に響き、レベッカの手のひらが熱くなった。

レベッカは頬を赤くしたグレッグを睨《にら》み上げる。

「王族のなり損ないなどと、そんな侮辱、二度と口にしないでください」

「……レベッカも知っていたのだろう？　知っていてどうして、あんな混ざりものの男に……やはり、身体目当てに無体を働かれたのか」

「グレッグお兄様がそんなことを言う人だとは思いませんでした。――軽蔑します」

イグノアース王国の貴族に根付いている、血筋を絶対視する考え。長い歴史の中ではびこった思考の根底を覆《くつがえ》すことは、簡単にはできないのかもしれない。

改めて、エリオットが今まで生きてきた環境を思うと胸が苦しくなる。彼はどれだけの差別意識の中で秘密を守り、強くあろうとしてきたのだろうか。

「私はエリオット殿下に汚されてなんていません。ただ、一人の人間として愛し合っただけです。私の心も身体も何もかもがエリオット殿下だけのもので、グレッグお兄様の入る余地は欠片《かけら》もありません」

きっぱりと言い切ったレベッカを見下ろし、グレッグが鼻を鳴らした。

「世間知らずなお前はあの男に騙されているだけだ。少し時間を置けば目が覚める」

そう言って部屋を出て行き、廊下からドアに鍵を掛けられた。

五、婚約破棄

ぐらりと目眩《めまい》がした。

「全く、お前らしくもない失敗をしたな。ウォルター公があぁも激怒してしまえば誰も手が付けられん」

国王がため息と共に、椅子の肘掛けをコンコンと指先で叩いた。

エリオットは今、国王専用の広い執務室に父親と二人きりだ。以前まで常にこの部屋に高く積まれていた書類は、ほとんどがエリオットの部屋に移動しており、どこか寒々しく感じる。

「僕は……レベッカとの婚約破棄は受け入れられません」

「そうは言うが、仕方がないだろう。国王である私といえども、宰相であるウォルター公の意思を曲げることはできん」

やはり、あの夜に強引にでもウォルター公と話をするべきだった。

エリオットから見ても、父であるクリフォード・イグノアース国王に政治の才はなかった。性格が良いといえば聞こえがいいが、他者との調和を重んじすぎるばかりに決断力に欠けるのだ。臣下であっても、強く言われると自身の意見を呑み込んでしまう悪癖もあり、リーダーシップとは対極にいる。

王族の血筋は尊《とうと》いものとされており、また先代の国王が世継ぎを他に作らなかったため国王の椅子に座っているものの、ウォルター公爵の手腕によって大国の顔としてあり続けられているだけだ。

そのせいで、国王と宰相という関係であるにもかかわらず、ウォルター公の意見を無下にすることができない。

しかも昨今は、カンデラ王妃の生国であるエベール王国の勢いに押され気味で緊張状態が続いているため、なおさらウォルター公に反論できないのだろう。

「お前には、ミナスーラ王国のアルビナ・ミナスーラ姫と改めて婚約してもらう」

「……え?」

突然出てきた名前に驚き、エリオットは思わず国王の顔を見返す。元から冗談を言うような性格でもない国王は、やはりにこりともせずにまたため息をついた。

「ウォルター公の甥であるグレッグ・ウォルター大使の持ってきた話だ。ウォルター公の娘と縁を結び、ウォルター家の確かな後ろ盾を得られなくなった今、ミナスーラ王国の力を得る以外お前がこの国の国王となる手だてはない。婚約を破棄しながらも、こうして他の手段を用意したウォルター公には頭が上がらんわ」

何を言っているのだろうか。他の手段も何も、すべてはグレッグ・ウォルターの差し金だ。他国の姫を巻き込むことで、エリオットの身動きを取れなくしようとしているに違いない。

グレッグのレベッカへの想いは、彼女の話や二人のやり取りを聞いていれば簡単に察せられた。むしろ気が付かないレベッカに対して不安に思ったほどだ。悪女になると息巻いていた割にそういう無防備なところが心配でもあり、可愛らしくもあるのだが。

ミナスーラ王国は閉鎖的なお国柄で、他国の血を入れないことで知られている。織物が有名だが、鉱山を多く抱えていて資源にも恵まれていた。今でこそ織物の輸入しかできていないものの、もし本当に縁を結び、より多岐にわたる国交が開始できれば、イグノアース王国にとって間違いなく有益だろう。エベール王国への牽制にもなる。

国王がウォルター公の提案を呑もうとするのには、そういった事情もあった。

確かにエリオットには力が足りない。

現在この国では第一王子であるエリオットと第二王子であるルイス、どちらを王太子、ひいては国王とするか——二つの勢力がせめぎ合っている。

エベール王国の後ろ盾やライルズ侯爵家を筆頭とした派閥を持つルイスと違い、エリオットに与えられたカードはウォルター公のみ。それでも、この国で最も力の強いウォルター公爵家の後ろ盾さえあれば問題はなかった。

誤算は、ウォルター公の娘に対する過保護の度合いを見誤ったことと、グレッグの存在だろう。

……いや、一番はレベッカの存在がエリオットの中で大きくなりすぎたことか。

グレッグのいる公爵邸に帰すのが嫌で、嫉妬と独占欲のあまり抱きつぶすような真似をしてしまった。レベッカといると、自分にも人並みの感情や衝動があることに気付き、驚かされてばかりだ。ルイスのことがやっと片付いたと思えば次はグレッグで、一時も気が抜けない。

しかし、今更後戻りはできなかった。レベッカを深く知る前であればミナスーラ王国の姫と婚約し直すことも受け入れただろうが、もはやそれは不可能だ。エリオットはもう、レベッカしか考えられないのだから。

「ともかく、私にできるのは立太子の儀の日取りを早めることだけだ。ルイスは国王の器《うつわ》ではないし、お前が王太子となり私の跡を継げなければ、この国はエベール王国に支配されるだろう。立太子の儀と共に、レベッカ・ウォルターとの婚約を解消、アルビナ・ミナスーラ姫との婚約を発表する。それまでくれぐれも問題を起こしてくれるな」

「僕はアルビナ・ミナスーラ姫と婚約することはできません。もちろん、レベッカ・ウォルターとの婚約を破棄することも」

「エリオット、私はお前に頼んでいるわけではない。これは国王命令だ。庶子であるお前がこの国で国王となるには、こうするしかないのだよ。長年かかってやっと王太子に据えるという夢が叶うのだから、今までの苦労を無駄にするな」

話は終わったとばかりに、半ば追い出されるように執務室をあとにした。閉じられた扉を許可もなく開ける権限はエリオットにはない。腹の底が煮えくり返っているのに、どうにもしようがなかった。

「よう、エリオット。ヘマしたみたいだな。ウォルター公が感情を表に出しながら歩いてるとこなんて初めて見たぜ」

「……ルイス」

廊下を歩いていると、見たくもない顔の人物が壁に背をつけて立っていた。エリオットを見てニヤニヤと笑っている。

「ウォルター公もお前も、レベッカのことになると冷静じゃいられなくなるのな」

「用がないなら黙っていてくれないか。君の声を聞いているだけで耳が腐りそうだ」

「温厚な王子サマの仮面が剥がれてるぜ、エリオット」

ルイスが腹の立つ笑顔で肩に触れてきた。この弟と話していると、ただでさえ波立った気持ちがさらに荒れてしまう。

「……なぁ、困るんだよ。俺が面倒なことを嫌いなのは知っているだろ？　王太子にも国王にも興味はないんだ。母上もライルズ侯爵も、勝手に俺を担ぎ上げようとしてくるが、たまったもんじゃない」

「そうだな。お前は毎日働きもせずに、だらだらと過ごしていたいだけだからな」

「よく分かっているじゃないか」

エリオットは自分の身体に流れる血を知った瞬間から、完璧でいることしか許されなくなった。誰にも秘密を知られないこと、万一知られたとしても何一つ汚点がないことを求められたのだ。すべては半分流れる平民の血が謂《いわ》れなき中傷の種とならないため。父にとってそれは、愛した女の血がそしりを受けることのないようにという気持ちからだろう。

対してルイスは、常に思うがままに振る舞うことを許されている。政務に関わることもなく、遊んで暮らしているだけ。それでもなんら後ろめたく感じることがないのは、正統なる王族の直系であるためだ。

王の器《うつわ》ではないと国王は口にしたが、王族としての義務を放棄していても咎める者がいないのは、その『器《うつわ》に流れる血』が重要視されている証拠だった。

生まれを嘆く時期はとうに過ぎたし、ルイスに対する複雑な思いもすでに過去のこと。エリオットは自分のためにやれることをやるしかない。そう思い、ただ前だけを見て走り続けてきたのだ。

「だったら、くだらない身体だけの女にうつつを抜かして足元すくわれてる場合じゃないだろ」

「くだらない女？　本当にそうとしか見えていないのなら、お前の目は節穴にも程がある。付いているだけ無駄だから、外して家畜の餌にでもした方がよっぽど有意義だよ」

「言葉が悪いな、次期国王陛下」

「僕がレベッカを諦めることはない。くだらないことを言いに来ただけなら消えてくれ」

「はいはい」

肩をすくめて立ち去るルイスの背を、エリオットは睨《にら》みつけるように見送る。

レベッカの代わりなど誰一人いない、エリオットにとってただ一人の女性だ。彼女と出会って初めて、幸せという言葉の意味を知ったのだから。

◇　◇　◇

涼しい風を感じたくて、レベッカは部屋から続くバルコニーへ出た。エリオットに会いに行った時は丸かった月が、今日は姿が見えない。新月の夜は一層暗く、レベッカの気持ちそのままのようで身体が震えた。肩にかけたストールをきゅっと身体の前で合わせて、バルコニーの手すりにもたれ掛かる。

ここのところあまり眠れない。目を瞑《つぶ》ると嫌なことばかりが頭を駆け巡って、少しうとうとできてもまたすぐに目が覚めてしまう。

あれから父と何度も話をしようとしたが、全く取り合ってくれなかった。それどころかレベッカの部屋に外から鍵を掛けて、出られなくしてしまったのだ。食事や必要なものを運んでくるのはグレッグで、侍女も慣れない人に変えられてアンナに会えていない。

「どうして、いつまでこんなこと……」

こうしている間にもエリオットとの婚約破棄の話は進んでしまっているだろうに。焦る気持ちばかりが募るが、グレッグには何を言っても無駄に終わる。

「どうしよう……エリオット」

会いたい。この前会えなかった時よりも、ずっと強く思う。

レベッカは顔を上げて、手すりから少し身を乗り出した。ここは二階で下は芝生だ。飛び降りてもちょっとした怪我くらいで済むかもしれない。

少し考えて、駄目だと却下する。今怪我をしたら、この先もっと動きにくくなってしまう。

他に手段はないかと左右を見ると、横に大きな木が生えていた。木登りはしたことがないが、飛び降りるより、これで下に降りる方がまだ現実的かもしれない。

このまま何もせずに部屋に閉じこもっているくらいなら……

「……レベッカ？」

不意に、聞こえるはずのない声がした。

信じられずに思わず固まってしまう。

「レベッカ。僕だ、エリオットだ」

繰り返された声は幻聴ではない。バルコニーから下を見ると、部屋の明かりが差し込む庭に真っ黒なローブを被ったエリオットが立っていた。

「エリオット！」

夢なのだろうか。あまりにも会いたい気持ちが強くて、幻覚を見ているのかもしれない。

「危ないから落ち着いて。少し待っていて」

エリオットはすぐ横に生えている大きな木に近寄ると、器用にするすると登ってきた。

「レベッカ、会いたかった」

「私もです……」

危うげなく木を登ってバルコニーに上がってきたエリオットに、苦しいくらいに強く抱き締められる。温かくて安心できるぬくもりに、一気に心が緩《ゆる》む。

「エリオットが木登りできるだなんて、知りませんでした」

「小さい頃は王城の中でそれなりに遊んでいたからね。久し振りだったけれど、意外に身体が覚えているものだな」

目が合うと自然に顔が近づく。触れた唇の柔らかさと熱さに、これが確かな現実だと感じた。

「どうしてここに」

「君に会いたかったんだ。ウォルター公に何度も取り次ぎをお願いしたけれど取り合ってもらえないし、ここに来てもグレッグ・ウォルターに門前払いされるしでね」

「何回も……来てくれたんですか？」

「このままレベッカと会えなくなるなんて耐えられなかったんだ」

「忙しいのに……ごめんなさい」

忙しくてしばらく会えないと前に言っていたし、実際に睡眠時間までも削って仕事をしていた。そんな大変な状況の中で、迷惑をかけてしまうなんて。

思わず俯《うつむ》いた頬を、大きな手に包まれる。

「言っただろう、僕が会いたかったんだ。会いたくてたまらなくて、こんな時間に忍び込んでしまった。誰かに見つかって追い出されるかと思ったけれど、その前にレベッカに会えるなんて奇跡だね」

「私もずっと会いたかったです。でも、お父様に部屋に閉じ込められてしまって、グレッグお兄様にも常に見張られていて、動けなくて……」

「そんなことだろうと思っていたから大丈夫だよ」

「私がお父様を説得すると言ったのに、こんなことになって……」

「……ウォルター公の娘への溺愛ぶりを甘く見ていたね」

レベッカも神妙な顔で頷く。まさかこんなにも怒るなんて思わなかった。父が決めた婚約話なのだから、その相手と結ばれることに問題はないと普通は考えるだろう。

「……ウォルター公には、最初から『レベッカから心を開くまでは最低限の手紙のやり取り以外は認めない』と言われていたんだ。もしかしたら、君が僕に心を開くなんてありえないと思っていたのかもしれない」

それはありうる。レベッカも前世を思い出していなければ、今でもこの家に閉じこもり、限られた人とだけ交流する生活をしていただろうから。

「お父様にとって、私はいつまでも小さな赤ん坊と変わらないのかもしれません。私はお母様を早くに亡くして、お父様とグレッグお兄様に育てられたようなものですし」

「子離れできないだけだと一口に言うにはあまりにも強烈すぎるけれど、そうかもしれないね。ウォルター公は、君をずっとこの家で守っていくつもりだったのかも」

「……それならエリオットと婚約なんてさせなければ良かったのに」

「僕相手ならいくらでも夫婦関係に口を出せるからね。適任だったんだよ」

エリオットに抱き上げられると、レベッカはきゅっと首に腕を回して抱きついた。そのまま彼は、バルコニーに置かれていたテーブルセットの椅子に腰掛ける。膝に乗せられたまま、二人は抱き締め合った。

「それでも、婚約相手に選んでもらえたことは、今考えると幸運だったな。そうでなければレベッカとは出会えなかったし、こんなに愛することもなかったから」

「……今でもまだ、私のことを好きでいてくれますか？」

そう言って、レベッカは目の前の首筋に顔を埋《うず》めた。エリオットの顔を見るのが怖い。ほんの少しでも表情が曇るのを見てしまったら、それだけで心臓が縮む。

「突然どうしたの？」

「こんなに迷惑をかけて、面倒な女で……呆れられても仕方がないと思います」

一人で部屋に閉じこもっていると、嫌なことばかり考えてしまう。何か行動しなければと焦るばかりで、実際は何もできない。

慰めるようにエリオットの腕が抱き締めてくれるが、その力強さに涙が出そうになった。

「もしかして少し痩せたかな。きちんと食べているかい？」

「……あんまり。食欲がなくて」

「食べなきゃ駄目だよ。それにこんな夜遅くまで起きているのも良くない」

こんな時間まで起きていたから会えたというのに。しかし、言われていることは何も間違っていないので、レベッカは小さく頷いた。

「ねぇレベッカ……顔を上げて？」

「っ……。はい」

「きちんと僕を見て？　僕がレベッカに呆れることはないから。好きではなくなることも、絶対にない」

「絶対なんて、そんなこと——」

「僕が僕である限り、絶対にありえない。それくらい君は特別なんだ。それにさ」

「えっ？」

「僕がどれだけレベッカを愛しているのか、この前時間をかけてじっくり教えてあげたよね？」

いつもの穏やかな表情でさらりと言われ、レベッカの顔が一気に熱くなった。

「あれでも信用してもらえないなんて、僕はこれ以上どうやってこの気持ちを伝えればいいのかな？」

「あ……あの、その」

「レベッカのどこもかしこにも口づけをして、すみずみまで愛してあげたよね。忘れてしまったの？」

脳内によみがえるのは、あの時の記憶だ。

狂おしいほどの快感と、身体も心もすべて丸ごと受け入れ、愛を囁《ささや》いてもらった時のことを。

「レベッカが望むのなら何度でも、毎晩だって同じことをしてあげるけれど――」

「覚えています！　大丈夫です！」

「本当に？」

「本当ですっ！」

レベッカが勢いよく言い切ると、エリオットがくすくすと笑い出した。そこでようやく、彼にからかわれていたことに気付く。

頬を膨らませるレベッカの額《ひたい》にエリオットがキスをすると、二人で目を合わせて笑い合った。

それからエリオットは、レベッカが家に連れ戻されたあとの出来事を聞かせてくれた。

「ミナスーラ王国の姫様と、婚約？」

「立太子の儀式の日にレベッカとの婚約解消と同時に発表すると、国王陛下に言われた」

次期国王の座を巡ってエリオットとルイスの派閥があることや、グレッグによってミナスーラ王国の姫様との婚約が組まれてしまったことも。

「……グレッグお兄様がそんなことまで」

「大使としてかなり有能だということは認めざるを得ないね。僕とレベッカの関係を知ってから、彼はこの国から離れてもいないというのに、ミナスーラ王国に婚約話を受け入れさせてしまうのだから」

そんな場合ではないのに、感心したようにエリオットが苦笑する。

「アルビナ・ミナスーラ姫は確か、第二王女でしたよね」

「そうだね。あそこは最近王位を次代に継いでいるから、国王の二番目の妹になる」

「……とても美しいお姫様だと噂に聞いたことがあります」

レベッカのように吊り目でとっつきづらい印象などない、深窓の令嬢という言葉の似合うお姫様らしい。同じ国でも情報通でもないレベッカの耳にまで入ってくるということは、本当にその通りなのだろう。なんだかもやもやとしたものが胸の中に生まれる。

「もしかしてレベッカ、妬いている？」

「え」

「僕がアルビナ姫に気持ちを奪われるのではないかと、心配になったんじゃないの？」

「……そんな、こと……あるかもしれません」

否定しようとしたが、思い直して素直に認める。だが、少し後ろめたさを感じて、エリオットから目を逸らしてしまった。

ずっと横抱きに座っていたエリオットの膝から下りようとしたが、お腹に腕を回されて引き戻される。

「どうして逃げようとするの？」

「だって、エリオットが大変な時にこんな小さなことで嫉妬しているなんて」

「そう？　好きな相手の近くに異性がいたら嫌だと思うのは、当然の心理だと思うけれどね」

レベッカは瞬《まばた》きをして、後ろを振り向いた。目が合い、綺麗に微笑むエリオットに嫉妬という感情があるなんて想像できないが、ルイスやこの前の門兵のことなどもある。

「エリオットも気になったりするんですか？」

「当たり前だよ。レベッカの浮気は心配していないけれど、男が寄ってくるのはどうしようもないからね」

身体に回されたエリオットの腕の強さに、今の感情が表れているような気がした。

グレッグのことが脳裏をよぎる。伝えるべきだろうか。しかし、ただでさえ忙しくしているエリオットにこれ以上の負担をかけるのはためらわれる。

黙り込んでしまったレベッカの様子を見て、エリオットが「どうしたの？」と問いかけてきた。

レベッカは唇を開いて、閉じる。しかし意を決して顔を上げ、エリオットの瞳をまっすぐに見つめた。

簡単に会えないからこそ、二人の間に余計な秘密や隠し事は作りたくない。

「グレッグお兄様が……私のことを妹としてではなく、女性として好きだったと言っていました」

そう告げると、エリオットの瞳が丸くなった。

「グレッグ・ウォルターが直接君にそう言ったの？」

「……はい」

「もう従兄《いとこ》の仮面を被るのをやめたということか」

小さく呟《つぶや》かれた言葉に、今度はレベッカが驚く番だった。

「エリオットは、グレッグお兄様の気持ちを知っていたのですか？」

「あいにくと僕はレベッカほど鈍くないからね」

苦笑と共に言われて、ついむっとしてしまう。子供のように膨らんだ頬を、エリオットは困ったような顔でつつく。

「気が付いていたのなら教えてくだされば良かったのに」

「嫌だよ。どうして僕が、そんな敵に塩を送るような真似をしなきゃいけないんだい？　グレッグ・ウォルターがレベッカに対して一生『兄』の仮面を被るならその方が都合がいいし、あえてレベッカに教えて彼を意識されたら困るじゃないか」

そう言われても、事前に知らせてくれていれば、もしかしたら対処のしようがあったかもしれない。納得できずにじっと彼を見つめると、顎をすくい上げられるように唇を奪われた。

口内に侵入してきた舌がレベッカの上顎をくすぐり、官能を煽《あお》る。腰に腕を回されているので逃げることもできず、ただ翻弄された。ぞくぞくと背筋を駆け抜ける快感に、頭の芯が痺れる。

解放された時にはくったりと身体から力が抜け、エリオットにもたれかかってしまった。

「本当はこのまま攫《さら》って、僕の部屋に連れ帰りたいよ」

「……え？」

「グレッグ・ウォルターが、力ずくでレベッカの身体だけでも奪おうとする可能性があるからね。君はキスだけでこんなにとろとろになってしまうんだから、心配だよ」

「それは、エリオットだからです」

エリオットでなければキスを受け入れはしないし、こんなに身体が熱くなることもない。

それに、と潤んだ瞳のままレベッカは彼を見上げた。

「グレッグお兄様は大丈夫だと思います」

「どうしてそんなことが言えるの？　君のこの細い腕であの大柄な男に抵抗できるなんて、本気で思っているわけじゃないよね？」

違います、とレベッカは首を振る。グレッグが本気になって襲ってきたら、レベッカの抵抗などあってないものだろう。

しかし、レベッカにはそうはならないだろうという確信があった。

「グレッグお兄様は、私に無理やりに身体の関係を迫ることは絶対にしません。私が望んだと言っているエリオット相手でも、お父様はこんな過剰に怒っているんですよ？　私が無体を働かれたと泣きついたら、グレッグお兄様が一体どうなるか」

「……確かに。身体と首が離れてもおかしくないな」

「さすがにお父様もそこまではしないと思いますけど」

絶対にないとも言い切れない状況でもあるが。

それに婚約中の身で姦通《かんつう》は重罪だ。これまで何年もレベッカを大切に育ててくれたグレッグが、そんな早計な手段を用《もち》いて名誉を傷つけたりしないだろう。

「そういう理由で、グレッグお兄様は短絡的な行動には走らないはずです」

「……絶対とは言えないけど、まあ頷けはするね」

言葉を止めたエリオットにじっと見つめられた。月のない暗いバルコニーで、エリオットの瞳が不安そうに揺れた気がした。

「ねぇ、レベッカは僕が第一王子でなくても変わらずに好きでいてくれる？」

「え……？　突然、どうして」

「答えてほしいんだ。……好きでいてくれる？」

いつにないエリオットの様子に、レベッカは不思議に思いつつも素直な気持ちを口にする。

「当たり前です。私はエリオットが王子じゃなくても、変わらずにずっと大好きです！」

エリオットが自分を好きでなくなっても、たとえまた生まれ変わっても、彼のことが好きだ。

レベッカの返事に目の前の琥珀色の瞳《アンバーアイ》が嬉しそうに細くなり、だがすぐに険しい表情に変わる。

「おそらく、ウォルター公に訴えてももう無理だと思う。国王陛下との間で僕らの婚約解消が決まってしまった以上、取り下げるのはウォルター公のプライドが許さないだろう」

「そんな……！」

「国王陛下も僕に王位を譲るために長い間随分と動いてくれていたけど、多分上手くはいかない」

「え？」

不穏なエリオットの言葉に、レベッカは驚いて瞬《まばた》きをした。

「どうしてですか。今度、立太子の儀で王太子になるんですよね？　そうしたら――」

「ルイス一派に引きずり落とされる」

ため息と共に、エリオットが呟《つぶや》く。

「僕の立太子は、元々ウォルター公の後ろ盾ありきのことだったからね。ルイス一派が裏でどう画策しようとも、ウォルター公がいれば脅威にはならないはずだったんだ」

エリオットの声は深刻で、冗談や根拠のない推測を言っているようには聞こえない。

「けれど、僕とレベッカの婚約解消と同時にアルビナ・ミナスーラとの婚約を発表されれば、居合わせた貴族はウォルター公が僕から手を引いたのだと思うだろう。そんな中で噂が真実だと広まれば、一瞬で形勢は変化する」

エリオットがしてくれた説明に首を傾げた。

「噂？」

「僕が国王陛下の庶子だという噂だよ」

「そんな……っ！　けれど、それは誰も知らないはずですよね」

「王妃殿下は知っている。ということはつまり、ルイス一派は知っているということだ」

思い返してみると、セシリアもすでに知っていたのだろう。以前に彼女は、自分が王妃教育を受けると言っており、「何も知らないんですね」とレベッカを嘲笑してきた。婚約披露の日にも心当たりはある。事情は違うが、グレッグも知っていた。広まっていないというだけで、知っている者はそれなりにいるようだ。

ということは、彼らはエリオットの事情を知りながら、彼が国王には相応《ふさわ》しくないと口にしているのだ。心臓が痛くなって、レベッカは思わずエリオットの頭を抱き寄せていた。

「レベッカ？」

「私はエリオットが好きです。エリオットがエリオットだから、好きになりました。これからもずっと、何があっても好きです」

「……ありがとう」

なぜ皆、親が王族や貴族ではないというだけで心ないことを言えるのか。国王も自分が相手の身分にこだわらないのなら、自分が愛した女性の子供をもっと守ればいいのに。

「ルイス派の狙いはもう分かっている。ミナスーラ王国の姫との婚約が成立してから、僕が庶子であることを発表するんだろうね。そうすれば他国の王室を謀《たばか》ったという理由で、僕も話を持ってきたウォルター公一派もまとめて引きずり下ろせる。そうして改めて、正統な血筋であるルイスを持ち上げるつもりだ」

「そんな……お父様にその話をすれば、もしかしたら考え直してくれるのでは——」

「そう思って話をしようとしているんだけど、全く取り合ってくれなくてね。手紙も読まずに捨てられてしまっているのかもしれない」

エリオットはレベッカの胸に顔を埋《うず》めながら、静かで深いため息をついた。

「僕はずっと、王族以上に王族らしくいなければと自分を律していた。ほんの少しでも疑われないように、疑われた時に責めを受けないように」

暗いバルコニーにエリオットの小さな呟《つぶや》きが落ちる。

「優秀な第一王子――そういう存在でないと認められないし、それ以外は求められることもないと思っていた」

けれど、とエリオットが顔を上げた。琥珀色の瞳《アンバーアイ》がレベッカを映す。

「レベッカに出会えた。僕にとって、君は奇跡なんだ。僕がただの僕自身としていられる、かけがえのない女性なんだよ。僕は君のためにも誠実であり続けたい」

「……私も、エリオットと出会えてこうして想い合えたのは奇跡だと思っています」

前世での辛い気持ちや今世での決意をすべて明かし、疑われるどころか包み込んでもらえた。エリオットの秘密を共有して、その強さに惹かれずにはいられなかった。レベッカにとっても、エリオットはなくてはならない存在なのだ。

「そのうち、今の僕の身分は剥奪されるだろう。そのためにも婚約解消を受け入れて、レベッカを解放してあげるのが正しいと理解はしているのだけど……」

「そんなことをしたら恨みます！　私はもうエリオット以外考えられないので、捨てられたら世をはかなんで海に身を投げた挙句、毎日夢枕に立って恨み言を言いますからねっ」

日本産の幽霊は恐ろしいのだから、覚悟してほしい。そんな気持ちを込めて勢いよく言うと、きょとんとしたあとエリオットがくすくすと笑った。

「レベッカが僕のせいで命を手放したら、僕は自分を許せなくなるな」

「でしたら、ずっと一緒にいてください。この先、何があったとしても。エリオットと離れることが私の一番の不幸です」

レベッカにとっての幸せは、エリオットが隣にいてくれることなのだから。

「そこまで言われたら、僕から手を放すことはできないね」

「当然です」

エリオットが王族でなくなったとしても関係ない。元々王位に興味はないし、王子だからエリオットを好きになったわけでもないのだ。

彼の手を握り締めて覚悟を伝えると、エリオットの顔から笑いが消えた。

「他人に引きずり下ろされるくらいなら、自《みず》ら《か》王位継承権を放棄しようと思っている。けれどレベッカだけは大切にするから、最後まで僕についてきてほしい」

切実な決意と願いに涙が出そうになった。今まで抱えてきたエリオットの辛さと、そんな彼の心の支えになれている喜びと。

レベッカはエリオットの頬を包んで、そっとキスをした。

「私をずっとエリオットの隣にいさせてください」

琥珀色《アンバーアイ》の瞳が丸くなり、閉じられた。安心したようなその表情を見て、また唇を重ねる。

この人と一緒ならどんな結末を迎えようと後悔はしない。そんな揺るぎない確信がある。

何度もキスをして、その隙間にそっと舌を入れる。エリオットは驚いたように一瞬身体を跳ねさせるが、すぐにレベッカの腰を強く抱き締めて舌を絡ませてきた。あっという間に主導権を奪われる。

いやらしい音のするキスをたくさん交わして、誰もいない静かなバルコニーで二人はつかの間の逢瀬を味わった。

◇　◇　◇

「――出掛けたい？」

「もう部屋の中に押し込められているのはうんざりなんです。このままでは運動もできませんし、不健康で身体がおかしくなってしまいます」

「駄目だ。伯父上《おじうえ》の許可が――」

「私を自由にできないと言うのなら、グレッグお兄様がずっと見張っていればいいではないですか。心配しなくても、エリオット殿下に会いに行ったりはしませんけれど」

レベッカは、いつも通り険しい顔で部屋に入って来たグレッグを見上げる。朝食を載せたトレーをテーブルの上に置いたグレッグは、少し考える様子を見せてから小さく頷いた。

「しかし王城には行かないぞ」

「構いません。行きたいのは別の場所ですから」

「……俺が一緒について行くことが条件だ」

グレッグは仕方ないというようにため息をついた。これも想定内だったので、レベッカは反論することなくカトラリーを手に取る。出掛けられるのならばそれでいい。

いつもは進んで食べない朝食を口に運んだレベッカを見て、グレッグが目を丸くした。

「食べるのか？」

「……私の食事の心配をしてくれる優しさがあるのなら、この窮屈すぎる生活を今すぐやめさせてください」

「それはできない相談だな」

「一体いつまでこんなことを続けるつもりなんですか？　こんなことをされても、私がエリオット殿下を諦めることも、グレッグお兄様を好きになることも永遠にありません」

「……伯父上《おじうえ》の気が済むまでだ」

表情を変えずにグレッグが答える。父の気が済む時というのは、おそらく婚約解消とミナスーラ王国のお姫様との婚約が正式に発表される時――つまり立太子の儀の日のことだろう。長いのか短いのかは判断しづらいが、あと一か月弱になる。

だが、細かいことはレベッカに教えてくれるつもりはないらしい。エリオットに聞かされていなければ、レベッカは何も知らずにこの部屋に閉じ込められたまま、その日を迎えていたに違いない。

「もういいです、部屋から出て行ってください。それとも淑女の食事を眺める趣味でもあるんですか？」

強い視線で睨《にら》むように見上げると、小さなため息と共にグレッグが出て行く。もちろん部屋の鍵を締めることは忘れない。

部屋に一人きりになると、レベッカは大きく息を吐いた。別に何もされないと分かってはいても、グレッグの気持ちを知ってしまった今は、密室で二人きりになるのは緊張する。

レベッカは気を取り直して食事を再開した。きちんと食べないとエリオットを心配させてしまう。二人で生きていくには体力も気力も必要だから。

「そういうことか」

苦々しくグレッグが吐き捨てる。

馬車で出掛けた先は王立図書館。レベッカが望んだのはその奥、王族しか立ち入りを許されていないエリアだ。警備の者が厳しく出入りを監視しているその場所は、付き添いの者でも同伴を禁止されている。

まだエリオットの婚約者という立場のレベッカは、王族に準ずる者ということで自由に出入りできた。

「それではグレッグお兄様、そこでゆっくりとお待ちになってくださいね」

にっこりと微笑み、レベッカは奥へと続くドアを閉めた。

部屋にいても息が詰まるだけ。しかし外には簡単に出られず、出られたとしてもグレッグが常に張り付いていて落ち着かない。

そこで思い出したのが、この王立図書館の奥だった。王立図書館の二割は貴族にのみ開放されているが、残りの八割は王族だけが入ることのできる場所で、かなり広い。閉鎖された図書館なので、書物を読む以外の何ができるというわけでもないのだが、部屋以外で一人になれるというだけでも全然違う。

広い建物の中に埋め尽くされた大量の書物。イグノアース王国の建国史から近年の政策まで、ありとあらゆる記録や発行物が所狭しと並んでいる。その蔵書量に思わずため息をついてしまうほどだ。

レベッカは、とりあえず入り口付近にあった本を手に取る。

「これは……去年の税と納付物の記録？　こちらは去年の国民からの嘆願をまとめたもの、かしら」

もしかすると奥に行くにつれて、年代が遡《さかのぼ》っていくのかもしれない。そんな風にアタリをつけたレベッカは、なんとなく気の向くまま本棚の間を歩き始める。

大量の書物のラベルを見ながら、以前、忙しいエリオットの力になりたいと思ったことを思い出す。ここの資料を読むだけでも勉強になるだろうか。彼が王位継承権を返上するのなら不要かもしれないが、何かの時のために知識はいくらあってもいい。時間はあり余るほどあるのだから。

その日から、王立図書館へ通うのがレベッカの日課になった。

日が暮れ始め、そろそろ王族専用のエリアを出ていかなくてはいけないと、レベッカは読んでいた記録を棚に戻した。前世での図書館のように貸し出しできればいいが、ここはどれもこれも持ち出し禁止だ。資料の重要度を考えたら仕方ないけれど。

レベッカは本棚を見上げながら伸びをする。毎日通って日中ずっと文字を追っているせいか、身体が凝りやすくなった。けれどその甲斐あって、図書館内の蔵書の位置は大体把握できた。すべてを読み込むには数年かかるだろうが、欲しい資料を探すくらいであれば造作もない。

前世での図書館と異なり、明確な分類分けがされているわけでもシステム化されているわけでもないため、かなり役に立つはずだ。

レベッカは静かな図書館内を移動し、王族専用のエリアを区切るドアに手をかけた。

「お前、エリオット殿下の立太子の儀式の警備担当になったんだろう？　間近で見られていいよな」

「王族の方々がここに来ることはほとんどないから、直接見られる機会は貴重だもんな」

薄く開いた隙間から、警備の兵士二人の会話が聞こえてしまう。向こうもこちらに気が付いたのか慌てた様子で振り返った。

「レベッカ様!?」

勤務中の雑談をレベッカに聞かれた気まずさか、大げさに姿勢を正す二人にレベッカはにっこりと微笑む。

「立太子の儀式はエリオット殿下の大切な日ですの、何事もないように頼みますわ」

「は、はいっ」

声を揃えて敬礼した二人に頷き、扉から出る。

エリオットの立太子の儀は数日後に迫っている。儀式後は国民に顔を見せるため、王都中がなんだか浮き立っているような空気を、馬車の窓から見るだけでも感じる。

その中の誰も、エリオットの覚悟は知らない。もちろんレベッカの決意も。

外が暗くなってきたせいか沈みそうになる気持ちを奮《ふる》い立たせて、レベッカはグレッグが待つ場所へ向かう。王立図書館の出入り口が見渡せるそこに置かれた長椅子には、二つの影が並んでいた。

振り向いた人物を見て、レベッカの目が丸くなる。

「貴女は……アルビナ姫？」

ほんのりと青みがかった見事な金の巻き毛をしたその女性は、レベッカのようなキツめの美貌とも、セシリアのような甘ったるい可愛さとも違う、儚《はかな》げな美しさを漂《ただよ》わせていた。

繊細な刺繍《ししゅう》が施《ほどこ》された一枚布を複雑に身体に巻きつけた異国風のドレスは特徴的で、また現在王都に滞在しているという点から、レベッカはミナスーラ王国のアルビナ姫だと推測したのだ。

グレッグが紹介しようとするのを手で制し、アルビナ姫は立ち上がってミナスーラ王国式の礼をした。レベッカも同様にスカートを摘《つま》み、イグノアース式で挨拶《あいさつ》をする。

「こんな場所で申し訳ありません。ミナスーラ王国第二王女のアルビナ・ミナスーラと申します」

「初めまして、アルビナ姫。わたくしはウォルター公爵家のレベッカです」

「存じ上げております。グレッグ様からよくお話を伺っておりましたから」

グレッグはミナスーラ王国の大使として数年間滞在していたため、王族とも顔見知りなのだろう。エリオットの立太子の儀式に合わせてこの国へ来たのだろうが、どうしてこのような場所にいるのかは分からない。

禁止エリアが多く、ほとんど立ち入りできない王立図書館など他国の王族が興味を示すとは思えないのだが……

そんな疑問が顔に出てしまっていたらしい。

「突然のご無礼をお許しください。グレッグ様には何度かレベッカ様へのお取り次ぎをお願いしていたのですが、体調がすぐれないと断られてしまっておりまして……けれども毎日ここへ通っていらっしゃるという情報を得て、直接お会いできるかと思い、ここまで来ましたの」

隣を見ると、グレッグが苦虫を噛みつぶしたような顔をしていた。どうやらレベッカとアルビナ姫を会わせたくなかったらしいが、あまり表情が表に出ない彼にしては珍しい。

その日はもう遅いということで、翌日、レベッカはアルビナ姫が滞在している王城の貴賓室に行くこととなった。

馬車から降りて城を見上げ、エリオットの執務室はあのあたりだろうかと考える。他国の王族に招かれたこともあり、さすがの父も許可はしてくれたが、グレッグを見張りにつけるあたりやはりエリオットに会わせる気はないらしい。

小さくため息をつき、レベッカは貴賓室で待つアルビナ姫のもとへ向かう。

今日もミナスーラ王国風のドレスを身にまとい出迎えてくれたアルビナ姫は、レベッカに続いて中に入ろうとしたグレッグを制止した。

「わたくしはレベッカ様と二人きりでお話ししたいので、グレッグ様は遠慮してくださいますか？」

「いえ、しかし――」

「遠慮してくださいますか？」

触れれば折れてしまいそうな線の細さのアルビナ姫が、笑顔で同じ言葉を繰り返す。グレッグは数秒の逡巡《しゅんじゅん》のあと、ぐっと言葉を呑み込み、渋々と扉を閉めた。

その様子を見ていたレベッカは、思わずぽかんと口を開いた。

誰が相手でも自分のペースを崩さず、特にレベッカに対しては強引に事を進めるグレッグが押されている。他国の王族と大使という関係上、当たり前なのかもしれないが、たおやかなアルビナ姫が体格の良いグレッグに対して一歩も引いていないところが新鮮だった。

「本日はわざわざお越しいただき、ありがとうございます」

二人きりとなった室内で、向き合うようにソファに腰を下ろす。

王城内の貴賓室は南向きの窓が大きく作られ、とても明るい。太陽の光に照らされたアルビナ姫の青みがかった金の髪が、美しく艶《つや》めいている。白く透き通るような肌もほんのりと伏せられたまつ毛も、見た者を虜《とりこ》にするだろう。

肉感的なレベッカと異なり、アルビナ姫は他者の庇護欲をそそるに違いない。

「わたくしもアルビナ姫にお伝えしたいことがありましたので、お誘いいただきありがとうございます」

今日も真っ赤なリップでレベッカも微笑む。

悪女顔のレベッカと儚《はかな》げなアルビナ姫が相対していると、第三者からはまるでこちらがいじめているように見えるだろう。

アルビナ姫がどんな意図でレベッカを誘ったのかは分からないが、それよりも前に伝えなければならないことがある。

「エリオット・イグノアース殿下とわたくしレベッカ・ウォルターは婚約中の身で、解消するつもりはありません。ミナスーラ王国からわざわざお越しいただき大変恐縮ですが、アルビナ姫とエリオット殿下との婚約のお話は手違いだったのです」

レベッカは相手の目をまっすぐに見据えて言い切った。

外交問題に発展しかねない発言であることは重々承知だが、エリオットとの未来のためにもレベッカは引くわけにはいかなかった。

失礼だと怒り出すだろうか、それとも侮辱されたと涙を浮かべるだろうか。どんなになじられても罵倒されても情に訴えかけられようとも、すべてを受け止める覚悟でレベッカはアルビナ姫を見つめた。

「存じておりますわ」

「……え？」

しかし透明な笑みを曇らせることなく返された言葉は、レベッカの予想とまったく異なり、思わず間の抜けた声が出た。

アルビナ姫は細い指で紅茶のカップを持ち上げる。

「レベッカ様もよろしければお飲みになってください。我がミナスーラ王国のハーブティーですの」

「いただき、ますわ」

茶器自体はイグノアース王国のものだが、口にすると味わったことのない、ほのかで優しい甘みが広がる。それでいて後味はすっきりしていて、レベッカは「美味《おい》しい」と呟《つぶや》いた。

するとアルビナ姫が嬉しそうに目を細める。

「会ったばかりのわたくしをすぐに信用いただくのは難しいと承知した上で、レベッカ様にお願いがあります」

「……なんでしょう？」

「これからお伝えする内容には、嘘も、言葉以上の意図もないことをご理解ください」

アルビナ姫がゆっくりとティーカップを置いた。一つ一つの所作がなめらかで美しく、彼女にまつわる噂は外見から来るだけのものではないことが分かる。

「先ほども申しましたが、レベッカ様とエリオット殿下の婚約の話はお伺いしております」

「ご存じの上で殿下との婚約の話をお受けになったんですの？」

「いえ、知ったのはイグノアース王国に着いてからのことです。エリオット殿下から直接謝罪いただくと共に、色々と事情を教えていただきました」

「エリオット殿下とお話をされていたのですか？」

「ええ」

考えてみればレベッカが話をせずとも、エリオットがミナスーラ王国の姫を放置しているはずがなかった。彼女はこちらの事情に巻き込まれた、いわば被害者なのだから。

「そうでしたの……」

自身がどんなに大変な時でも、周りへの配慮を欠かさないエリオットが誇らしい。やはり彼の隣は誰にも譲りたくないと強く思った。

レベッカはソファから立ち上がり、頭を下げる。

「わたくしからも改めて謝罪させてくださいませ。我が国の内部事情に巻き込んでしまい、大変申し訳ございません」

「お顔をお上げください、レベッカ様。今日お呼びしたのは、そのようなお話をするためではありませんの」

ソファに座り直すと、アルビナ姫が細い指先で髪を耳にかけながら続ける。

「わたくしは自身の目的のために、エリオット殿下との婚約話をお受けいたしました」

「目的？」

「我がミナスーラ王国は鉱山が多く、資源に恵まれております。その分他国からの脅威に常に晒《さら》されており、警戒心が強く閉鎖的な国民性です。イグノアース王国に限らず、駐在する大使は何名かいらっしゃいますが、最低限の交流しかない状態でした」

ミナスーラ王国が閉鎖的であるという話は、レベッカも聞き及んでいる。北部に険しい山脈が連《つら》なることで天然の要塞《ようさい》となっているが、エベール王国が虎視眈々《こしたんたん》とその地を狙っているということも。

「そんな我が国に数年前グレッグ・ウォルター様が赴任されたのですが、対話を諦めることなく根気強く向き合ってくださいました」

グレッグの名前を出した時に、アルビナ姫の表情が和《やわ》らいだ気がした。昨日もレベッカが図書館内の王族専用エリアにいた時に二人で話をしていたようだし、二人は以前からそれなりに交流していたのかもしれない。

「わたくしを他国の方と婚姻させることを、兄である国王陛下はかたくなに拒んでいました。それを、エリオット殿下との婚約を検討させるまでに至らせたのは、間違いなくグレッグ様の手腕によるものです」

ずっと兄と慕っていたグレッグの働きを聞いて、レベッカは誇らしい気持ちになる。やはり最近のレベッカに対する行動がおかしいだけで、有能でとても頼りになる人なのだ。

「アルビナ姫は、イグノアース王国へ興味を持ってくださっていたのですね」

「ええ。わたくしには兄の他に、姉と妹がおります。三人のうち誰をエリオット殿下と婚約させるか悩む国王陛下へ、わたくし自《みず》らが名乗り出たのです」

わたくしはどうしても、イグノアース王国へ来たかった——そう口にするアルビナ姫の目が真剣でどこか切なく、レベッカの胸が締め付けられる。

「どうして、そこまでしてこの国に？」

結婚は一生の話だ。ましてや、王族同士の政略結婚は国家間の力関係にも大きく影響する。エベール王国出身の王妃がルイスを王太子とすべく画策しているのが、まさにそうだ。好戦的なエベール王国のこと、その血を引くルイスがイグノアース王国の国王となれば勢いづき、大陸内の国力バランスに影響が出るだろう。

「イグノアース王国とミナスーラ王国の結びつきを強めたいと思いましたの。国のためにという思いももちろんありますが、わたくし個人のためにも」

アルビナ姫はそう言うと、ハーブティーを口にした。

彼女は、その個人的な目的を明かすつもりはないらしい。話をする前に「嘘も言葉以上の意図もない」と前置きした理由が分かった。国を代表して滞在している彼女の言葉は、すべて「ミナスーラ王国の公人」としての発言となってしまう。軽々しくアルビナ姫個人の気持ちを明かすわけにはいかないのだろう。

しかし短い会話の中でも、彼女の誠実な人柄は伝わってきた。イグノアース王国に対する敵意も感じられない。こちらの目をまっすぐに見て紡がれる言葉に、レベッカは好感を抱いた。

「それで、わざわざわたくしに声をかけてくださったのはどのような理由だったのでしょう？」

エリオットとの婚約が目的ならばともかく、そうでないのならレベッカとこのように二人きりで会話をする必要性は感じられないのだが。レベッカは首を傾げる。

「先ほども申しましたが、レベッカ様とは一度お話ししてみたかったのです」

「わたくしと……ですか？」

「グレッグ様との会話で何度もお名前が出ておりましたので。事前に想像していた印象とは随分違いましたが、エリオット殿下と想い合っているのは伝わってきましたわ」

お二人を応援しておりますと、口元に笑みをたたえてアルビナ姫は言う。

彼女の優しさが嬉しくて言葉が詰まった。エリオットへの気持ちを自覚してから、祝福してくれたのは侍女のアンナだけだ。そのアンナとも引き離され、身内である父とグレッグには反対され、周りが敵ばかりになってしまったような気がしていた。しかしそうではないと思い直す。

「わたくしはどうしても、エリオット殿下だけは諦めることができませんの」

そう言い切ったレベッカに、アルビナ姫も頷く。

「レベッカ様の邪魔をするつもりはありません。逆境にも負けず意志を貫《つらぬ》こうとするお二人の姿を見て、わたくしも想うだけではいけないのだと気付かされました」

アルビナ姫がたおやかに微笑む。窓から差し込む光に照らされるその笑顔は、同じ女性であるレベッカですら目を奪われるほど美しい。

「アルビナ姫にもどなたか想う方がいらっしゃるのですか？」

「ええ。諦めるしかないと思っておりましたが……。レベッカ様にお願いがあります」

「なんでしょう？」

「誰にも負けずに想いを貫《つらぬ》く強さを、わたくしにもください」

背筋を伸ばして請われた真摯な願いに、レベッカは赤いリップを引いた口角を持ち上げた。

「もちろんですわ。待っているだけでは何も変えられない。後悔するのは行動したあとで構いませんもの。共に幸せになりましょう」

六、悪女になる決意

立太子の儀式の日はどこまでも澄んだ青空だった。雲一つない晴天、穏やかな日差し。エリオットの日頃の行いを反映したかのような素晴らしい天気に恵まれた。

会場である宮殿の周りは人で溢れている。儀式は国内の主《あるじ》だった貴族の前で行われ、正式に王太子となったあと、そのままバルコニーへ出て国民に顔を見せる流れだ。

宮殿内の一段高く置かれた豪華な椅子には国王と王妃が並んで座り、その前に赤い絨毯《じゅうたん》がまっすぐに扉へと延びている。

儀式の日取りすら教える気のなかった父に、レベッカはアルビナ姫から聞いたということにして、「最後だから」とどうにか説得し参列することができた。

父の隣に座り、レベッカはうるさく騒ぐ心臓をどうにか宥《なだ》める。宰相である父は最前列で、その娘であり婚約者でもあるレベッカも同じ扱いだ。絨毯《じゅうたん》を挟んだ向かいにはルイスとセシリア、ライルズ侯爵が並んでいる。

貴賓席に腰掛けているのはアルビナ姫だ。彼女はミナスーラ王国のドレスをまとい、その美しさと毅然とした居住まいによって視線を集めている。

しんと静まりかえった宮殿内に、エリオットの到着の報せが響いた。

両開きの扉から国王のもとへと颯爽《さっそう》と歩くエリオットの表情には、疲れも迷いも見えない。豪奢《ごうしゃ》な式典服のエリオットは見惚れるほどに格好良かった。

「本日はお集まりいただき、ありがとうございます」

国王のもとへとたどり着いたエリオットは、振り向いて居並ぶ貴族たちを見渡して言う。最後にレベッカと目が合うと、小さく微笑んだ。静かだけれど確かな決意を秘めた眼差しに、レベッカの心臓がどくんと音を立てる。

大丈夫。そう言い聞かせて震えそうになる足に力を入れる。

エリオットはこのまま王位継承権の放棄を宣言するだろう。

「この場を借りて皆様にお伝えしたいことが――」

「お待ちくださいっ」

低く響き渡るエリオットの声を遮《さえぎ》って、レベッカは立ち上がった。

「レベッカ、何を……？」

横に座っていた父をはじめ、宮殿内にいた全員の視線が一斉に突き刺さる。怯《ひる》みそうな気持ちを振り払うように一歩ずつ足を動かし、皆と同じように驚くエリオットの前に進み出た。

「エリオット、ごめんなさい」

「レベッカ？」

「貴方がどれだけの覚悟をもってこの場に臨んだか、分かっているつもりです。……けれど私は、ただ黙って見守ることはできません」

エリオットにだけ聞こえるほどの小さな声で謝罪してから、レベッカは振り返って貴族たちと向き合った。どうしたのかというざわめきに負けないよう、深く息を吸う。

大丈夫。再度自《みずか》らに言い聞かせる。

自分は悪女になるのだと、前世を思い出した時にそう決めたから。

「エリオット・イグノアース第一王子殿下は、クリフォード・イグノアース国王陛下とカンデラ王妃殿下の正統なる嫡子ではありません！」

「……なっ！」

ざわめきが大きくなった。

ガタンッ！

大きな音がして後ろを振り向くと、国王が真っ青な顔をして立ち上がっていた。

「レベッカ・ウォルター……突然、何を」

震える声の国王陛下の言葉を遮《さえぎ》るように、どこかから声が上がった。

「本当なのか!?」

「本当ですわ。カンデラ王妃殿下にお伺いすれば事実を語ってくれるでしょう」

ゆっくりと王妃を見つめて、レベッカは微笑む。宮殿内のざわめきが聞こえていないかのように静かに座っていた王妃が、手にしていた扇子《せんす》をすっと下ろした。

「彼女の言うことに間違いはない。エリオット・イグノアースは国王陛下が使用人に産ませた子であり、わたくしがお腹を痛めたのはルイス・イグノアースのただ一人」

ツンと尖った王妃殿下の言葉に、今度こそ宮殿中に衝撃が走る。

レベッカは内心やはり、と頷いた。エリオットをいないものかのように扱っていた王妃のことだから、どんな状況だろうとエリオットの存在を認めるような発言はしないだろうと思っていた。これまでは「問われないから言いもしなかった」だけで。

「レベッカ……どうしてこんなことを」

エリオットが目を丸くしてレベッカを見る。勝手に秘密を言ってしまってごめんなさいと伝える前に、宮殿内のそこかしこから大きな声が上がる。

「エリオット・イグノアースは王族としては認められん！」

「そうだ！　エリオット・イグノアースを王太子になどしてはならんっ！」

「王位はルイス・イグノアース殿下に継承していただくべきだ！」

反応は主に三つに分かれていた。

何も知らなかったのであろう、驚きや不快感を滲ませる大多数の貴族たち。

周囲の反応をニヤニヤと眺めている、ライルズ侯爵一派と思われる貴族たち。

そして父であるウォルター公爵を見て、否定をしないことに戸惑っている貴族たち。

大勢の貴族がいるというのに、その中の誰一人としてエリオットを擁護してくれる人はいなかった。

これがエリオットの生きてきた現実なのだ――。呼吸すら苦しくなりそうなその残酷さに、レベッカは強く唇を噛む。

横目で見ると、彼は静かな微笑を浮かべていた。恐らくそういうものだと諦めているのだろう。けれど、違う。今すべきなのは、諦めることでも悔しがることでもない。無理やりに唇の端を持ち上げて、レベッカは声高らかに笑った。

「レベッカ？」

心配そうなエリオットの声をかき消すように、ガタンッと椅子が動いた音がした。

「何がおかしい！」

最初に「王族としては認められん」と叫んだ男性が立ち上がって、レベッカを咎める。

くすくすと笑いながら、レベッカはその男性を見つめた。

「だって皆様、あまりにも短絡的で愚かなのですもの」

「なんだと……っ！」

「イグノアース王国はこの大陸において一、二を争う大国ですわ。そんな大国をルイス・イグノアース殿下がまとめ上げ、さらなる飛躍ができると、そのようにおっしゃるのですね？」

「当たり前だ！　正統なる王族の血をもってすれば容易《たやす》いこと！」

興奮しながら男性が言い切った。席の位置やその外見から、レベッカは彼が誰だったかを必死に思い出す。

すべての貴族の情報は、外見的な特徴も含めてルイスの婚約パーティーに出席する際に覚えた。エリオットの婚約者として並んで立とうと決めたからだ。あの時はエリオットに恥をかかせないようにと思っていただけだったが、頑張って勉強しておいて良かった。

「貴方はアーロン伯爵でしたかしら。ご自身の領地で昨年起きた作柄不良の際に、国内中の流通を調整して支援されたのはエリオット殿下でしたわね」

続いて、並ぶ顔の中から「エリオット・イグノアースを王太子にしてはならん」と言った人物を見た。

「バビントン子爵が十年ほど前から国王陛下に毎年要望していらした、イリーヴェル川の大規模治水工事――あれを采配したのもエリオット殿下でしたこと、お忘れになりましたの？」

さらにレベッカは、「ルイス・イグノアースに王位継承を」と主張した人に視線を向ける。目が合った途端に、ぎくりと動揺したのが分かった。

「エリオット殿下がグラザニ王国との和平協定を結んだおかげで、国境に接するキャボット伯爵の領地も落ち着いたのですわよね。軍事費に圧迫されていた財政が随分と回復したとか？」

他にもエリオットの功績をあげればきりがない。国王の補助としながらも、彼が国政に関わるようになってから、何年も懸案事項となっていた様々な問題が解決されたのだ。

三人とも反論の言葉もないのか、ぎりぎりと歯噛みしつつも押し黙る。さきほどの盛り上がりが嘘のように落ち着いてしまった宮殿内に、パチパチと白々しい拍手が鳴った。でっぷりと太ったライルズ侯爵だ。

「随分ご立派な功績を並べていただいたが、それがすべて本当だという証拠がどこにあるのですかな？　由緒《ゆいしょ》ある公爵家のお嬢様が、酔狂で国政に憶測や空想を持ち込むのはやめていただこう」

「証拠でしたら王立図書館に記録がありますわ。すべてエリオット殿下直筆のサインで、承認と処理されたものですのよ」

偉そうにふんぞり返っているライルズ侯爵に、レベッカは笑いかけた。

「ですわよね、エリオット殿下」

「レベッカ嬢の言う通り、確かに王立図書館には国政に関するすべての資料が保管されている。重要資料だから改竄《かいざん》は重罪だ」

エリオットが肯定した瞬間、たっぷり脂肪の乗った顔が硬直する。

「そんなものが王立図書館に……っ⁉」

ライルズ侯爵が知らないのも無理はない。王族以外は立ち入りを禁じられている場所にあるのだから。

ルイスの正式な婚約者となったセシリアには入室の権利があるが、ライルズ侯爵の反応を見るに彼女が王立図書館に興味を持ったことはないようだ。レベッカもこれまで気にかけていなかったため、あまり偉そうなことは言えないが。

そんな自身の後ろめたさなどおくびにも出さず、レベッカはさらりと黒髪を揺らしながら居並ぶ貴族たちの視線を堂々と受け止めた。

「皆様はこれだけの功績と手腕を持つエリオット殿下を、たかが妾腹だからという理由だけで退《しりぞ》けるというのかしら？　聡明なる、選ばれしこの国の貴族ともあろう方々が」

小さなざわめきが広がる。嫌な空気が変わるのではないかと思ったけれど、ライルズ侯爵は簡単には折れなかった。

「エリオット殿下の手腕が見事なことは認めよう。しかしそれがルイス殿下を退《しりぞ》ける理由にはなるまい？　ルイス殿下ならば、エリオット殿下以上に素晴らしい功績をあげてくださるはずだ！」

「その根拠はなんですの？」

「決まっておる！　国王陛下と王妃殿下の、正統なる王族の血を引いていらっしゃるからだ！」

ちらりと見たルイスは、話の中心にいるというのに興味がなさそうだった。レベッカたちの婚約披露のパーティーで、一人庭に出てワインを飲んでいた時と同じ顔。あの時はその行動の理由など分かっていなかったが、今は違う。

「今年が三本、昨年が十本、一昨年が七本――この数字の意味をご存じかしら？」

「……何が言いたい？」

「ルイス殿下に直接嘆願したけれど一向に返事がなく、仕方なくエリオット殿下のもとへと回された案件の数ですわ。過去数年の記録を探してみましたが、ルイス殿下のサインで処理された書類は一つもありませんの。エリオット殿下のサインが初めて確認できたのは、十五の時。ルイス殿下は今年もう二十になりますわね。実績がなさすぎる言い訳に年齢を用《もち》いるのは、さすがに苦しいのではないかしら？」

「貴様、正統なる王族の血脈を愚弄するのか!?」

ガタンッ！　と椅子を倒しながら立ち上がったライルズ侯爵の勢いに、一瞬怯《ひる》んだ。額《ひたい》に青筋を浮かべながら睨《にら》まれ、頭が真っ白になる。

「――大丈夫だよ」

その時、レベッカにしか聞こえない大きさで声をかけてきたのはエリオットだ。隣を見ると、彼はこちらを見つめて小さく頷く。ろくに説明もしていないのに、レベッカのしたいようにさせてくれる。一人ではないと教えてくれる。

たった一言に込められた優しさに勇気をもらい、レベッカはライルズ侯爵の強い視線をまっすぐに受け止め、強気に微笑んだ。

正統なる王族の血脈、それがそもそもの間違いなのだ。

「皆様はご存じでないようですけれども、二百年ほど前に国を統治していたエイベル・イグノアース国王陛下の母親は貴族ではなく元は侍女で、当時の国王陛下に見初《みそ》められてお輿入《こしい》れされたそうですわ。三百年前のブランドン・イグノアース国王陛下も庶子でしたが、何事もなく即位し、王国を大いに発展させていらっしゃいます。もちろんどちらの国王陛下も子を成し、その血は今の国王陛下とエリオット殿下、ルイス殿下に受け継がれておりますわ」

しんと静まり返った宮殿内を見渡して、レベッカは続ける。

「王侯貴族の血を軽んじることを愚弄というのでしたら、貴方がたは皆、国王陛下を愚弄しているということになりますわね？」

ライルズ侯爵は怒りでわなわなと震えながらも、口を閉ざす。これ以上ルイスの血筋の正統性を主張すれば、国王に流れる血を否定することになるのだから。

彼らの主張する正しい王脈などというものは、そもそも存在しない。ホコリを被っていた王族の系図を発見し、先ほどの二人の国王の記録を見つけた時のレベッカの喜びは、おそらくライルズ侯爵には理解できないだろう。

調べてみて分かったことだが、二百年前には王族や貴族の血を絶対視する風潮はなかった。それ以降、いつの間にかそんな認識が根付いてしまっただけだ。

「わたくしのお話ししたことは、すべて王立図書館の資料に記されています。それでもエリオット殿下の生まれを理由に立太子を反対する者がいるならば、それはエリオット・イグノアース殿下の婚約者であるわたくしレベッカ・ウォルター、並びにウォルター公爵家へと異を唱えるも同義であること！　よく覚えておいてくださいませ！」

レベッカがそう宣言すると、並ぶ貴族たちの最前列で父がしてやられたという顔をした。思わずくすりと笑ってしまう。

以前、エリオットは「貴族は体面を気にするから簡単には発言を変えられない」と言っていた。つまり、婚約解消よりも先にレベッカが婚約者なのだと強く主張してしまえば、父は簡単にそれをひっくり返すことはできないということ。

そもそも婚約発表をしているエリオットとレベッカを、曖昧《あいまい》な理由で引き裂く方が体面は傷つく。父が少しでも冷静になってくれていれば、二人の関係を維持することと破綻させることの、どちらに利が大きいかはすぐに分かったはずだ。

水を打ったような静けさと緊張が、宮殿内を支配する。やがてそれを打ち破ったのは、軽快な拍手の音だった。

「いや、素晴らしい高説であった。レベッカ・ウォルター嬢」

振り返ると、先ほどは驚いていた国王陛下が、椅子に深く腰掛けながらにこやかに笑い手を打っていた。

「貴女のような女性がエリオットを支えてくれるのなら、この国の行く末も安泰だろう。無論、ウォルター公は今後も引き続き王室とエリオットを支えてくれるな？」

「も、もちろんでございます、国王陛下」

「よろしく頼んだぞ」

苦々しく頭を下げた父に対して鷹揚《おうよう》に頷いた国王が、今度はルイスを見る。

「してルイス、そなたは？　そなたを王太子にと推す声も聞こえたが、そもそもそなた自身にその気はあるのか？」

ルイスは足を組みながら「はっ」と笑った。ライルズ侯爵とセシリアがぎくりと顔を強張《こわば》らせる。

「誰がそんな面倒くさいもんになりたがるかよ」

「ルイス殿下、そんな……っ」

「ライルズ侯爵やらなんやらがうるさかったんだ。ちょうどいい、ここで王位継承権を永久放棄してやる」

「駄目よ！」

悲鳴を上げたのは王妃だった。立ち上がって目を見開き、ルイスを見つめている。

「ルイス、貴方、なんてことを！　わたくしが……っ、わたくしが今まで一体どれだけの屈辱に耐えて、貴方を育ててきたと思うのっ⁉」

「知るかよ。俺は玩具でもなければ都合の良い手駒でもない。これまでも散々言ってきただろうが」

「そん……な」

取り付く島もないルイスに、王妃は足から力が抜けたようにすとんと椅子に腰を下ろす。

「そなたは？　それで良いか？」

そんな王妃に追い討ちをかけるかのように、国王が静かに問いかける。

椅子の肘掛けを握る王妃の指先は、真っ白になっていた。他国から嫁いできたというのに嫁ぎ先の相手には他の女がいて、その女の産んだ子を自分の子として公表させられた上、その子は王位継承権第一位だ。王妃も相当苦しい思いをしてきたに違いない。

だが、ルイスよりもエリオットが国王に相応《ふさわ》しいことは明白だ。気の毒とは思うが、王妃の気持ちに寄り添うことはできない。

「……しかた、ないわ」

絞り出すような声で、王妃殿下が頷く。その瞬間、今度はライルズ侯爵とセシリアが悲鳴を上げた。しかし――

「駄目だ！　そんなことは認められない！」

大勢が決まりかけた宮殿に響いた声は、グレッグだった。青い顔で立ち上がり、こちらに近寄ってくる。そのあまりの迫力にレベッカは思わず後ずさりしそうになったが、エリオットが身体を支えるように腰に手を回してくれた。

「ミナスーラ王国の姫もいらっしゃるというのに、このような勝手が許されるはずがない！　エリオット殿下はレベッカではなくアルビナ・ミナスーラ姫と――」

「構いません」

澄んだ声がグレッグの話を遮《さえぎ》った。今まで静かに座っていたアルビナ姫がグレッグを見つめている。

彼女は立ち上がり、ミナスーラ王国式の礼をした。

「わたくしは構いません。エリオット・イグノアース殿下とレベッカ・ウォルター様が将来イグノアース王国を支えてくださるのでしたら、大歓迎です。大国であるイグノアース王国が安定していることは、我が国にとっても非常に益のあることですから」

凛《りん》とした表情で、アルビナ姫はエリオットとレベッカの顔を見てふわりと微笑んだ。

「お二人の未来に幸福が溢れますことを、ミナスーラ王国を代表してお祈りいたします」

あまりにも完璧な祝辞に、グレッグは言葉を失っていた。ここまで言われてしまってはもう話をひっくり返すことはできないと悟ったのだろう。ふらふらと元の椅子に戻るその大柄な身体が、一回り小さくなったように見える。

場が収まったところを見計らい、国王はエリオットとレベッカに目を向けた。

「さてエリオット、最後に確認しておこう。そなたの気持ちはどうだ？」

「……少し彼女と話をさせてください」

エリオットがゆっくりとレベッカを振り向いた。まっすぐに見つめてくる視線に心臓が跳ねる。

先ほどまでの虚勢交じりの勢いもどこへやら、本当に自分の行いが正しかったのか、レベッカの心の中に不安が生まれる。

「勝手なことをしてごめんなさい」

「どうしてこんなことをしたのか、教えてほしいな。王族ではなくなる僕は嫌だった？」

そんなことはありえない。首を振って否定する。

エリオットが王族であろうと、そうでなかろうと、レベッカの想いは何一つとして変わらない。彼が自分についてきてほしいと願ってくれた気持ちは何よりの宝物だ。エリオットと一緒ならば、どんな状況だろうと幸せになれる自信がある。

しかし、王立図書館で色々な記録を見て、彼のこれまでの頑張りに触れ、本当にそれで良いのか疑問に思った。エリオットは悪いことも、他人に批判されるようなことも何もしていない。身分を剥奪されるようなことは、何も。

悪いのは、この国の貴族に根付いた偏《かたよ》った価値観だ。レベッカがそれに気付くことができたのは、流れる血に貴賤《きせん》はないのだという前世の価値観のおかげ。

「私はエリオットと二人きりでも幸せになれます。けれど、貴方がバカにされるだなんて嫌だったんです」

「……え？」

「エリオットがこの国のためにどれだけ尽くしていたのか、貴族であれば誰もが知っているはず。それなのになぜエリオットが立場を追われなくてはいけないのですか？　それが悲しくて腹が立って、どうしても許せなかったんです」

レベッカが記録を見ただけでも、長い間先送りになっていたたくさんの問題がエリオットによって解決されていた。それをただ庶子だから、などという理由で排斥《はいせき》されるのはどう考えてもおかしい。

だから秘密を秘密でなくすれば良いと思った。エリオットの出自を明らかにし、その上で周囲に認めさせれば、批判される理由がなくなるはずだと。

もちろん上手くいく保証などなかったが、何もせずに無責任な他人の思い通りにはなりたくなかった。

「貴方のためを思っての行動ではありますが、相談もなしに勝手をしたことは謝罪します」

相談する時間も余裕もなかったのは本当だ。だが、事前に言えば、逆にエリオットが苦しむことになっただろう。

エリオットは、諦めて我慢することに慣れすぎているように見えた。彼はもっとたくさんのことを望んで良いのだと、レベッカは言葉よりも確実に伝わる方法を取ったのだ。

目を丸くしていたエリオットが小さく笑った。

「レベッカさえいてくれるなら、僕は誰に何を言われても平気なのだけど……僕のためを思っていてくれたことが何よりも嬉しいよ」

レベッカは、そっとその頬に手を伸ばす。

「私、前世を思い出した時に決めたんです。どんな手段を使っても、他人に何と思われようとも、絶対に自分の欲しいものを諦めたりしないと」

例えばグレッグの気持ちを踏みにじってでも。

セシリアやライルズ侯爵を貶《おとし》めてでも。

王妃殿下の辛さに目を瞑《つぶ》ってでも。

父の娘への愛を拒否してでも。

自分では何もせず、美味《おい》しいところばかりを持っていく国王陛下におもねってでも。

「何一つとして諦めない。悪女になってでも、好きになった人とこの上なく幸せになると決めたんです」

◇　◇　◇

悪女になってでも欲しいものを諦めない——そう言い切って笑うレベッカは美しかった。

エリオットは胸のあたりを鷲掴《わしづか》みにされた気がして、苦しくなる。

気丈なことを言っているけれど、本来のレベッカは決して気が強くはない。他人を踏み台にして何とも思わないわけではないだろう。自信ありげに笑う姿こそ確かに「悪女」の言葉が似合うが、声を上げて立ち上がった時からずっと、強く握り締めた手は小さく震えていた。

その手を、エリオットは優しく包み込む。

エリオットはレベッカが思うほどできた人間ではない。レベッカとこの国のどちらかを選べと言われたら、天秤に掛けるまでもなく彼女を選ぶ。それでもレベッカが自分に価値を見出してくれるなら、彼女がそのために頑張ってくれるなら、その期待以上に応えたい。

エリオットがレベッカに何度でも惚れ直すのと同じくらい、彼女にとっての自分もそうであり続けたいから。

「レベッカは悪女ではない。僕にとっては眩《まぶ》しい女神そのものだよ」

唇に触れたい思いをぐっとこらえて、エリオットは宮殿内を見渡した。

緊張感に包まれ、値踏みするような視線が突き刺さってくる。これまではいつ自《みずか》らの秘密が公《おおやけ》にされるのかと気を張っていたが、今はすべてが払拭されて心が晴れやかだ。

もちろん、ここにいる彼らの意識がそんな簡単に変わるわけではない。今は国王やウォルター公の手前、迂闊《うかつ》な発言は控えているだけ。腹の中では、今後どのように振る舞うべきか必死に計算していることだろう。

それでいい、とエリオットは口の端を持ち上げる。

このイグノアース王国とそこを治める貴族にとって、誰よりも国民に対して、自分が利益をもたらし続ける人間だと示せばいいだけなのだから。これほど単純で明快なことはない。

「この場を借り発表する。我がイグノアース王国とミナスーラ王国はこの度同盟を結ぶこととなった」

エリオットの報せにざわりと宮殿内がどよめく。レベッカも勢いよくこちらを見上げている。

「我が国の軍事力をもってかの国の平和を守る代わり、今後は資源の輸入交渉にあたり優先的な権利を得ることができる」

ミナスーラ王国は資源が豊富であるため、他国の脅威に常に晒《さら》されている。現状は自然の要塞《ようさい》が他国の侵入を防いでくれているが、軍事力は決して高くはない。しかし昨今のエベール王国の勢いから、いつまで自国を守れるか分からなくなった。本格的に攻め入られたらひとたまりもないことは、ミナスーラ王も理解しているようだ。

そこでエリオットは、イグノアース王国が防衛に助力をすると申し出た。他国の軍事勢力を自国内にまで招き入れるのは抵抗があるだろうから、あくまでも周辺強化と、いざという時の積極的軍事支援、またイグノアース王国がミナスーラ王国を侵すことはないという誓約を付けた。

ミナスーラ王国の資源が安定的に輸入できれば、イグノアース王国もさらに発展する。カンデラ王妃をはじめとしたエベール王国の牽制にもなり、その恩恵は国中にもたらされるだろう。

貴族たちのエリオットを見る目が変わった。

使えるものは使ってやろうという打算により、好意的な視線が多くなる。もちろんすべての人ではない。ライルズ侯爵派だった者たちは悔しそうに歯噛みしたり青くなったりしていた。だが、それくらいであれば問題ない。

ミナスーラ王国との交渉がギリギリまで続いてしまい、事前にレベッカに伝える余裕がなく驚かせてしまったが、それはお互い様ということにしたい。

王位継承権を放棄する前に自分にできることをしてあがく——同じ目的に向かい、それぞれ行動できたことが今は誇らしい。

たっぷりと間を持たせながらエリオットは宮殿内を見渡し、最後に大きな声で宣言をした。

「エリオット・イグノアースが今日ここに宣言しよう！　王太子となり国王となった暁《あかつき》には、このイグノアース王国と貴兄らにさらなる栄光と発展を約束すると！」

直後、室内が大きな拍手で満たされる。

こうしてエリオットは、国王により正式に王太子に任命された。

任命式を終え、あとはバルコニーから国民への顔見せが残っている。エリオットは、レベッカと二人で短い廊下を歩きながら呟《つぶや》いた。

「僕は誰からも望まれていないのだと思っていた」

小さな頃からずっと一人だと思っていた。弱みを見せれば、周りは簡単に手のひらを返すものだと。

「その考えを変えてくれたのは、レベッカだよ」

自分が初めて心から欲して、それに応えてくれただけでも奇跡だと思っていた。それどころか、一生の秘密が公《おおやけ》にされたにもかかわらず、皆に受け入れられる日が来るだなんて想像すらしていなかった。

「誰からも、なんてことはありません」

そう言ってレベッカはエリオットの手を引いて、太陽の光の差すバルコニーへ向かう。レベッカは美しいな、などと考えながら、エリオットは連れられるまま外へ出た。

瞬間、洪水のような大きな音に襲われた。

見れば、宮殿前の広場は人が溢れ返っていた。それだけではない。広場から延びる道も、建物の窓も屋上も、見渡す限り人で埋め尽くされていたのだ。王都中の人々が集まり、誰も彼もが笑顔でこちらに手を振っている。

「二人で行った観劇を覚えていますか？」

「……ああ」

忘れるはずもない。レベッカを初めて自分から誘い、そしてレベッカにこの上なく惹きつけられるきっかけとなった出来事だ。

「あの物語で、自分が貴族ではなかったことを知った主人公は、血筋も何も関係なく自分の力で未来を切り開いていくと決意していました。あの公演は大成功をおさめています。分かりますか？国民は血筋がすべてだとは思っていないんです」

確信を持って言い切るレベッカに目眩《めまい》がした。どうして、彼女はこうも自分の奥底の願望を引き上げてくれるのだろう。

「僕はレベッカには一生敵《かな》わないな」

「え？」

「なんでもないよ」

レベッカに聞き返されたが、エリオットは微笑んで誤魔化す。

改めて周囲を見渡す。手を上げて挨拶《あいさつ》をすれば、ひときわ大きい歓声が上がった。

以前のエリオットであれば、同じ景色を前にしてもどこか冷めた気持ちで見ていただろう。国民全員を欺《あざむ》いているという事実と、絶対に知られてはいけないという緊張感でかたくなになっていたから。

それが今はこんなにも心が震える。集まってくれた一人一人の顔がきちんと認識できるほど、まっすぐに向き合える。この光景はレベッカとでなければ見ることはできなかった。

エリオットは、横に立つレベッカの細い腰を抱き寄せる。

より一層盛り上がった国民の声は、長く長く続いた。

エピローグ

あれからもう丸一日は経っているが、まだ耳元に歓声が残っている気がする。昨日は慌ただしかった公爵家も、今はどうにか日常を取り戻していた。

レベッカは、自室からバルコニーに出て空を見上げた。今日もとても良い天気だ。

「レベッカ様」

「……アンナ？」

ノックと共に掛けられた声に、慌てて部屋に戻り扉を開ける。そこに立っていたアンナに、思わずぎゅっと抱きついた。

「アンナ！　久しぶり、大丈夫だった!?」

顔を合わせるのはいつ以来だろう。父とグレッグの画策で引き離されて以来だったから、一か月以上は会えていなかった。

「レベッカ様をお守りすることができずに、申し訳ありませんでした」

「ううん、アンナこそ、お父様やグレッグお兄様に何か嫌なことをされたりしなかった？」

小さな頃からずっとそばにいてくれたアンナがいないだけで本当に寂しかったし、心配だったのだ。

アンナから大丈夫ですと聞き、レベッカはようやく安心できた。

「旦那様が、またレベッカ様のお世話をしても良いと許可してくださったんです」

「本当に⁉　良かった」

「レベッカ様も色々と頑張ったのですね。本当にお疲れ様でした」

「アンナも昨日のことを知っているの？」

「もちろんです。屋敷中で噂になっていますし、すでに王国中に広まっているのではないでしょうか？」

「……なんだか恥ずかしいわ」

アンナを部屋に招き入れながら、レベッカは椅子に腰掛ける。

「お父様がやっと、私とエリオット殿下の婚約破棄を諦めてくれたの」

「そのようですね。本当におめでとうございます」

昨日宮殿から屋敷に帰ってくる馬車の中で、父は苦虫を噛みつぶしたような顔で、エリオットとの仲を認めてくれた。もうひっくり返されることはないと信じていたが、父の口から直接聞けて、どれだけほっとしたか。

「エリオット殿下にも伝えたいわ」

直接会えたらそれが一番だが、立太子後の今は忙しいはずなので、手紙にしておこう。もう手紙もきちんと届けてもらえるだろうから。

「そういえば、エリオット殿下から先触れが届いていまして、本日これから旦那様に挨拶《あいさつ》に来られるとのことです」

「……え？」

アンナと話をしてから、エリオットの来訪が告げられたのは、それからいくらもしないうちだった。

応接間で父とエリオットと、三人でソファに座る。レベッカはエリオットの隣にしたが、婚約破棄を撤回してもらったとはいえ、父の前で二人でいるのはなんとなく落ち着かない。

「お時間を取ってくださりありがとうございます。改めてウォルター公に結婚の許可をいただきたく、お邪魔いたしました」

「……けっこん⁉」

レベッカの口から変な声が出た。二人の視線がこちらに向き、変な汗が出る。レベッカの反応に、むっつりとしていた父の眉がぴくりと動いた。

「同意のもとじゃないのかね？」

「もちろん同意は取れていますよ。レベッカ、この前結婚しようと言っただろう？」

「言われましたけれど」

エリオットと一日愛し合ったあの日のことを忘れるはずがない。しかしそのあとに色々とあったため、記憶の彼方《かなた》へと飛んでいた。

「嫌かな？」

「そんなことありえませんっ」

エリオットが困ったように笑ったため、レベッカは思わず前のめりに否定する。

「うん、良かった」

微笑みながら頷いたエリオットは、また父に向き合い頭を下げた。

「レベッカ・ウォルター嬢と結婚させてください」

「……貴方たちは婚約しているのですから、好きにすればいいではありませんか」

「いえ、ウォルター公の祝福がなければ結婚はできません。レベッカの結婚は皆に喜んでもらいたいのです。そのためにはまず一番に、父親であるウォルター公に心から祝っていただかなくては」

「……」

父はエリオットの顔を睨《にら》みつけて言う。

「私から最愛の娘を奪う上、祝福までもを求めるというのですか？　強欲にも程がありますぞ。貴族に認められ、国民に受け入れられ、調子に乗っておられるようだ」

「お父様！　そんな言い方っ」

「良いんだ、レベッカ」

思わず立ち上がって抗議をすると、エリオットに制止される。

父の強い視線を、彼は座ったまままっすぐに受け止めた。

「強欲に何もかもを求めていいと、レベッカに教えてもらいました。だから僕はなんと言われようと、どんな邪魔をされようと絶対に諦めません」

「……若造が」

「若輩であることは確かですので、これからも僕たちを助け、導いていただきたい。我が国の優秀なる宰相閣下」

「この私に嫌味まで言えるようになりましたか」

「嫌味などではありません。本心ですよ」

笑顔のエリオットと険しい顔の父を、レベッカははらはらと見つめる。

やがて、父が大きなため息をついた。

「せめてこの場で嫌味を言うくらい性格の悪い男であれば、まだ反対できたものを」

がっくりとうなだれる父を見たのは初めてだ。

「……レベッカは早くに母親を亡くしていましてな。この子は私と甥のグレッグで育てたのです」

「知っています。さぞ大変だったことでしょう」

「いや、この子はとてもまっすぐで良い子でした。ただ少し内気で、私とグレッグと限られた使用人としか交流できなかった。だから私は、この子が夫婦生活を送らずとも済むような――優しく閉じた世界を変えることなく生きていける、そんな相手としてエリオット殿下を選んだのです」

「僕でしたら、貴方の言うことには逆らえませんでしたからね」

「さようです。だが――」

そこまで言って、父はレベッカを見た。小さな頃からずっと変わらない、レベッカのことを宝物だと思ってくれているのがよく分かる瞳で。

「いつの間にかレベッカが、あんなにも大勢の前で立ち回れるようになっていたとはな。……変えたのは貴方なんですな、エリオット殿下」

「僕も驚きましたよ。けれど、レベッカの強さは貴方譲りだと僕は感じました。会議で反対派を黙らせるウォルター公にそっくりでしたから」

父とエリオットが笑い、張り詰めていた空気がふっと緩《ゆる》んだ。

ゆっくりとソファに座った自分を父が見て、目を細めて微笑む。

「子供だと思っていたが、いつの間にか成長していたんだな」

「お父様……」

「エリオット・イグノアース殿下、私の娘をどうか幸せにしてやってください」

頭を下げた父の表情は、今までと違い寂しそうでいながら、どこかすっきりしたようにも見えた。

その姿に胸がきゅっと締め付けられる。

「お父様。私はこれまで幸せでした」

「レベッカ？」

「私には苦手なものや怖いものが人よりたくさんありましたが、それ以上に守ってくれる人たちの愛情を感じていましたから」

小さな頃から寂しさを感じることなどなかった。求めればすぐに愛情を注いでもらえていたから。

今回はすれ違ってしまったけれど、父の自分への愛情自体は疑いもしなかった。父もグレッグもアンナも、レベッカにとってかけがえのない人だということに変わりはない。

「私はいつまでもお父様の娘ですし、お父様の娘で良かったと思います」

少し目が潤んでいるようにも見える父に、レベッカは笑う。

「今までもこれから先も、ずっとお父様のことが大好きです」

◇　◇　◇

カツカツと塔の石床を歩く靴音が響く。

「エリオット、下ろしてください」

「まぁまぁ。時間がないから、このまま抱かれていて？」

「けれど……重くないですか？」

「これくらい平気だよ。むしろレベッカが軽すぎて、不安になるくらいだ」

確かに、リズムよく螺旋《らせん》階段を上るエリオットの足取りに不安なところはない。しかしお姫様抱っこで運ばれているレベッカは、誰に見られているわけでもないのに恥ずかしくてたまらなかった。

あのあと、父と三人でレベッカの子供の頃の話で盛り上がっていたため、すでに日が落ち始めている。王城から続く塔の階段にある窓から見た空が、次第に赤く染まっていく。

「ところで、グレッグ・ウォルターの様子はどうだった？」

不意にエリオットに聞かれ、そうだ、とレベッカは思い出した。

「昨日あのあと、アルビナ姫が私の屋敷にいらしたんです」

立太子の儀式を終えて帰ってきてすぐに先触れが届き、アルビナ姫が父とグレッグを訪ねてきたのだ。突然の他国の姫の来訪に、使用人たちは大慌てだった。

「何の用事だったのか分かりますか？」

「何だったんだい？」

「グレッグお兄様への婚約の申し入れです」

予想外のニュースにエリオットも驚くだろうと思って口にしたのだが、返ってきた反応はあっさりとしたものだった。

「もしかしてすでに知っていたのですか？」

「アルビナ姫がミナスーラ王との同盟を仲介する条件の一つが、グレッグ・ウォルターだったからね」

それを聞き、心なしかレベッカの頬が膨れる。

「そうなんですね……。そういえば、エリオットとアルビナ姫が事前にあんな密約を交わしていたなんて知りませんでした」

「伝える暇がなかったんだよ。ミナスーラ王から同盟について承諾の返事をもらえたのも、儀式の直前だったしね」

つまり、レベッカがアルビナ姫と会話した時にはまだどうなるか分からなかったということか。

そのような事情であれば仕方がない。アルビナも、確定していない情報を不用意に漏らすわけにはいかなかっただろうから。

「アルビナ姫の想い人は、グレッグお兄様だったのですね」

「それを聞いた時は僕も驚いたよ。少しでも彼の近くにいたくて、僕との婚約を承諾したらしい」

「彼女は以前、想い人はいても諦めるしかないと言っていました」

「閉鎖的なミナスーラ王国では、公爵家の血筋とはいえ他国の人間に王族が降嫁することは難しいだろうからね」

しかし大陸一の大国イグノアース王国との対等で益のある同盟は、かの国ではかなりの功績になる。つまりはアルビナ姫の手柄だ。それに加えて、両国間での結びつき強化という意味でも必要だと周りを説得し、グレッグとの婚約を認めてもらうのだという。

「我が国としてもできる限り二人の支援はするつもりだけれどね。それで、肝心のグレッグ・ウォルターの反応はどうだったのかなと思って」

「あんなグレッグお兄様は初めて見ました」

想いを隠すことをやめたらしいアルビナ姫の積極的なアピールに、分かりやすく動揺していた。困った様子もあったが、お茶やお茶菓子の残りを気にかけるなど、彼女への気遣いも随所に見せていた。レベッカに対する支配的な態度とはまったく違う。

アルビナ姫はグレッグと会話ができるだけで嬉しそうな様子で、レベッカから見て二人はお似合いだと思った。

父も、ミナスーラ王国の姫君というこれ以上ない良縁に文句をつけられるはずもなく、グレッグが公爵位を継ぐのが先か、アルビナ姫との結婚が先かという展開まで考えているようだ。

そう伝えると、エリオットも嬉しそうに「良かったよ」と頷く。グレッグもアルビナ姫も幸せになってほしいと、レベッカも心から願った。

「ところで、どこに向かっているんですか?」

「一番上だよ」

「一番上?」

「そう。ほら、ここ」

エリオットは螺旋《らせん》階段の突き当たりのドアを開くと、ようやくレベッカを下ろした。腰までの高さの大きな窓から差し込む光で、部屋の中が赤く染められている。

「レベッカ、おいで」

手を取られ、レベッカは窓に近づいた。エリオットが窓を開くと、爽《さわ》やかな風がふわりと部屋の中に吹き込む。

「わあ……っ!」

「すごく良い眺めだろう? この塔は王城の中でも一番高い場所なんだ。ここから王都が一望できる」

空が夕日に照らされ、雲が光に透けていた。王都の街並みが赤く色付いており、まるで一枚の絵画のようだ。思わず身を乗り出して見入ってしまう。

「すごくキレイ」

ほう、とため息をつく。まさか塔からの眺めがこんなに素晴らしいとは、これまで知らなかった。

そういえば下から見上げたことはあったが、上ってくるのは初めてだ。

「この景色をレベッカに見せたかったんだ」

「ありがとうございます。とても素敵です」

「良かった。ここから見える景色も見えない風景もすべて、僕がこれからレベッカと二人で守っていきたいものだから」

「え？」

振り向くと、エリオットが石造りの床に片膝をついてレベッカの手を取った。夕日に照らされた顔がとても真剣で、どくんと胸が大きく高鳴る。

手の甲にエリオットの柔らかい唇が触れる。

「レベッカ・ウォルター嬢、貴女を愛しています。僕と結婚してください」

「……っ！」

「貴女を幸せにできるのは僕でありたい。そして僕は貴女と幸せになりたい。この先の一生を、貴女と並んで歩んでいきたいんだ」

「エリオット……」

真摯に想いを告げるエリオットの姿が突然滲んだ。息が詰まって言葉が出ない。

ゆらめく世界の中でエリオットが立ち上がった。

「泣かないでよ、レベッカ」

言われて初めて、自分の頬が涙で濡れていたことに気付く。大きな手で頬を包まれ、流れた雫《しずく》を形の良い唇に拭《ぬぐ》われる。

「……夢みたい、です。本当は前世で事故に遭ったまま眠り続けていて、これは私が見ているただの夢なのかもしれないと思うくらい」

「そんな、大げさだな。結婚しようと前にも言ったよね？」

そうだけれど、違う。

こんな素敵な場所で改めて言ってもらえるなんて思わなかった。

ただでさえ嬉しいエリオットの言葉が、より一層特別なものに聞こえる。

「本当に、こんなに幸せな気持ちになれるなんて……信じられなくて」

前世では何一つ思う通りになんてならなかった。強い悲しみと後悔は、レベッカの心の奥底にずっと残っていた。

ルイスとセシリアの婚約を聞いた時も、父に婚約破棄を強制された時も、心の中でもう一人の自分が「やっぱり上手くいかないんだ」と囁《ささや》いていた。

それが今、温かい気持ちで溶けていったのが分かる。

「レベッカ、僕を見て」

止まらない涙もそのままに、レベッカはエリオットの琥珀色の瞳《アンバーアイ》を見上げる。

「僕はレベッカを愛しているけれど、それは君が公爵令嬢だから、美人だからなどという理由ではない。君が君であるというだけで、僕にとっては誰よりも特別なんだ。悪女になってでもと頑張る君は魅力的で、眩《まぶ》しすぎるくらいだった。僕は何度もレベッカに恋に落ちているんだよ」

エリオットの言葉の一つ一つが嬉しく、抱えきれないほどの想いが溢れていく。

自分もエリオットにもらった以上の気持ちを与えたい。そうして二人で生きていきたい。

そう、強く思う。

「今度こそ、きちんと返事が欲しいな。レベッカの気持ちは？」

「……私もエリオットと幸せになりたいです。わ、私と結婚してください」

「うん。一生離さないから、覚悟してね」

夕日に照らされた部屋の中で、二人きりの誓いのキスをした。

何度も触れ合い、少しずつ深くなっていくのを受け止める。ぴったりと隙間がないほどに抱き締め合い、互いの口内を味わった。

音を立てて離れていく気配に目を開くと、琥珀色の瞳《アンバーアイ》がまっすぐにレベッカを見つめていた。情欲の色をそこに感じ、ぞくりと腰のあたりが疼《うず》く。式典の時には清廉で凜々《りり》しく、雄の気配などみじんも感じさせなかったというのに。

しかし求めているのはレベッカも同様だ。もしかしたら彼以上かもしれない。

長いこと顔を見ることすらできず、ましてや二人きりになったのは久しぶりだ。心を通い合わせた次は身体を重ねたいと本能が求めている。

「後ろを向いて、そこに手をついてくれる？」

「あの、ここで？」

躊躇《ちゅうちょ》するレベッカだったが、エリオットの意思は揺らがなかった。

「ごめんね。今すぐ君が欲しい」

「……っ、はい」

促《うなが》されるまま窓の方を向き、手をついた。眼下に王都の景色が広がっていることに一瞬怯《ひる》みつつ、エリオットが膝をついた気配に後ろを振り返ると、ドレスの裾をまくられていた。細い足と丸いお尻を空気に晒《さら》され、レベッカの頬が赤くなる。

ゆっくりと下着を下ろされると、秘部が露出した。

小さな部屋には他に誰もいない。窓も腰までの高さしかないため、今のところ誰かに見られる心配はない。

そうと分かっていても、心許《こころもと》ないと感じるのは仕方ないだろう。

そんなレベッカの気持ちを落ち着かせるように、エリオットはそっと下腹部を撫でる。そして下半身を後ろから抱き締めるように腕を回した。エリオットの指が太ももの間に差し込まれると、微かに濡れた音がする。

「キスだけで感じてくれたの？」

「……はい」

恥じらいながらも肯定すると、お尻にキスをされた。次に足を開くように指示されて従うと、お尻を突き出すように腰を持ち上げられた。エリオットの吐息を秘部に感じ、羞恥《しゅうち》以上に期待で胸が熱くなる。

言葉にしなかったものの、エリオットはレベッカの要望に的確に応えてくれた。ぬるりと熱い舌が割れ目を舐め、中へと差し込まれる。指は正確に秘豆を捉《とら》えていた。

「エ……エリオ、ット」

狭い室内に恥ずかしい音が響く。足が震えて、気を抜いたら床にへたり込んでしまいそうだ。

「ん、すごいね。舐めても舐めても垂れてくる」

「ひゃあうんっ」

「とろとろだ。……ねぇ、気持ち良い？」

やっと出て行った舌の代わりに、今度は長い指が入り込んでくる。びくんと全身が震えてレベッカの背中が反った。

ふと気付けば、体重を預けている窓枠の外に王都が映る。いつの間にか日が落ちて夜になっており、城下にほのかな明かりが灯っていた。とても綺麗な夜景だが、のんびりと鑑賞している余裕はない。

柔らかい舌とは違い、硬い感触の指先がレベッカの中を探る。

「きもち……いいけれど、これ以上は……ぁんっ！」

「レベッカはここが本当に好きだね」

勝手知ったると言うべきか、レベッカ自身よりも身体を把握されている気がする。

エリオットの指がぬるぬるとした中を何度も往復して、レベッカの快感を高めていった。

やがてお尻にキスをして立ち上がったエリオットは、レベッカの背中に伸し掛かるように抱き締めてきた。耳元に熱い息がかかって、ぞくんとまた身体が震える。

「このままレベッカが欲しいのだけど……いい？」

求められているということに、胸がきゅんとする。

レベッカもエリオットとするのが嫌なわけではない。時間と場所さえ許すのならいつだって抱き合っていたい。だが――

「……でもっ、こんな場所っ！　誰かに見られちゃ……あぁんっ！」

くちゅんと音を立てて指が回された。思わず高い声が上がり、慌てて口を押さえる。

「そうだね、見られてしまうかもしれないね」

窓は開かれたままだ。幸い腰までの高さがあるので、同じ目線の建物がない限りはドレスの中まで見られることはない。

エリオットは笑いながら、ドレスの背中のリボンをほどいた。締め付けの緩《ゆる》んだ胸元がふるんと揺れて空気に触れる。

「……だ、めぇ！」

言っていることとやっていることが全然違う。さらにエリオットは、片手でレベッカの腕を引いてぐっと背中を反らした。必然的に胸を突き出してしまう――窓に向かって。

「やぁ！　あ、ああっ！」

あまりの恥ずかしさに、レベッカは窓から顔を逸らした。その瞬間を狙ったかのように指がまたぐちゅんと中をかき回して、大きな声が出てしまう。

「レベッカは可愛いね。こんな状況でも、蜜がどんどん溢れてくるよ？」

「それ、は……っ、だって……エリオットが……ひゃぁんっ！」

エリオットの長い指に触れられるだけで、勝手に身体が熱くなるのだ。

二本に増えた指に刺激される度、ぞくぞくしてたまらなくなる。太ももをとろとろしたものが流れ落ちる。これはすべてエリオットのせいだ。

何もできずにただ声を上げるレベッカの耳に、吐息が触れた。ぴちゃりと音がして、舐められたことに気付くと同時に耳たぶを食《は》まれる。

「僕だから気持ち良くなってしまうの？　本当にレベッカはどこまでも可愛いね」

「そこ、しゃべんない……で、ふぁぁ！」

水音が直接頭の中に響く。エリオットの声が頭の芯まで揺さぶってくる。思考までもがエリオット一色に染め上げられて、何も考えられなくなる。

「レベッカが可愛いから、もう限界」

「ふぁぁあぁあ！」

指が引き抜かれた直後、熱いものが秘部に充てがわれた。気持ちの準備をする余裕もなく、後ろから貫《つらぬ》かれる。身体を抱きかかえられるように腕を回され、一気にエリオットがお腹の奥までたどり着いた。

そのまま激しく揺さぶられて、快感に視界がチカチカする。大きく重い胸が窓に向かって、たゆたゆとその存在を主張した。

「レベッカ、レベッカ……っ！」

「あぁ……！　エ、リオットっ！　ひゃあんっ……あんっ、ぁあん！」

耳をなぶられながら、熱い吐息に煽《あお》られる。

硬くて熱いものがお腹の奥まで刺激するのが気持ち良すぎて、もっとと言うように絡みつく。きゅうぅと締め付ける度にエリオットの形を感じて、さらに快感が高まっていく。

このまま身体が溶けてしまいそうだ。エリオットと一つに溶け合えたらどれだけ幸せだろう。身も心も混ざり合って、離れられないほど一つになれたら。

これ以上の幸せは人生を何度やり直しても見つからない。

「エリオット……っ」

震える声で強請《ねだ》るように振り向けば、エリオットが心得たようにキスをしてくれる。身体だけでなく、気持ちまで熱くなる。舌を絡め合って、お互いに同じ高みを目指して駆け上がっていく。

レベッカが弾けるように締め付けるのと、エリオットのものが震えたのは、どちらが先だったか。

体内の脈動を感じながらふわふわした気分に浸《ひた》る。心も身体も満たされた気分だ。

「好きです」

告白をしながら音を立ててエリオットに口づけると、伏せられていた瞳がレベッカを映した。同じように口づけを返され、互いに微笑み合う。

ずるりと彼のものが抜かれ、ふるりと身体が揺れる。太ももをどちらのものか分からない液体が伝った。

「ねえレベッカ、今度は顔を見ながらしたいのだけどいいかな？」

「え……ひゃあんっ！」

言うや否や、エリオットは正面を向かせたレベッカの片足を上げた。そこに熱い塊を押し付け、ぐぅっと挿入する。

「ああ、だめ……っ」

塔の壁とエリオットの身体に挟まれ身動きが取れない状態で、下から突き上げられた。

「な、なんで……!?」

未だ硬度を保ったままの凶器で隘路を攻め立てられ、レベッカが上を向いて喘《あえ》いだ。覆いかぶさるようにエリオットに唇を塞がれ、口内を蹂躙《じゅうりん》される。呑み込みきれない唾液が喉を伝い、大きな胸の谷間に流れ落ちた。

「レベッカが可愛いのが、悪い」

「そんな……んんっ」

中に放たれたものがかき混ぜられているせいか、さきほどよりも水音が大きい。エリオットの律動に合わせて、ぐちゅぐちゅと品がないほどに大きく部屋に響く。

「やぁ……っ、もう、立っていられない……からぁ！」

先ほどの行為だけで身体はくたくただ。それなのに片足立ちのまま揺さぶられ、もう限界だと訴える。

「それなら、僕の首に腕を回して」

促《うなが》されるまま、レベッカはエリオットの首にしがみつく。やめてもらえるのではないのかというわずかな期待は、次の瞬間に裏切られた。エリオットがレベッカの身体を抱えるように持ち上げたのだ。

床から足が離れ、自重で熱杭が深く突き刺さる。

「ああ……！」

「ちゃんと、しがみついているんだよ」

レベッカの締め付けに、エリオットは息を詰まらせながらも律動を続ける。

「だめ……ぇ！　これ、深い、の！」

「そう、だね。レベッカの一番深いところに……当たって、いるねっ」

決して動きやすい体勢ではないため、先ほどまでの激しさはない。しかしストロークが短くても奥深くに届き、子宮を押し上げられるのだ。これまでにない気持ち良さに、レベッカの頭の中までぐちゃぐちゃにかき回されるようだった。

「やぁ……っ、おかしく、なる！」

「そんなに、気持ち良いの？」

「いい！　気持ち、いい……あぁっ」

ここはエリオットの寝室ではない。ましてや王族のみが立ち入りを許されている場所でもないため、いつ誰が来てもおかしくないのだ。見回り兵が今この瞬間に扉を開くかもしれない。そもそも窓も開けっぱなしだった。

羞恥《しゅうち》を感じながらも、押し寄せる快感の波に抗えず嬌声を上げてしまう。

「だめ、だめぇ……！」

口では拒絶の言葉を繰り返すものの、身体はどうしようもなく高まっている。

だが、いつも誠実で紳士であろうと努力しているエリオットが、レベッカに対してだけは時間も場所も関係なく求めてくれるのが嬉しい。

「エリオット……！　好き、好きです！　大好き……っ」

「ああ、もう……！」

うわ言のように口にすると、彼が切羽詰まったように耳元で唸《うな》った。

「そうやってまた、僕を夢中にさせて……っ」

「ひ、ああ……！」

壁に押し付けられ、エリオットの動きが速くなった。振り落とされないようしがみつくと、レベッカの胸が胸板につぶされる。混ざり合った粘液が流れ落ち、床に染みを作ったことに、二人とも気付けなかった。

やがて、その瞬間を待ちわびていたかのように、宙に浮いていたレベッカの足がびくっと反応した。一際大きな嬌声を塞ぐようにキスをされ、二度目にもかかわらずどろりと濃厚な飛沫《しぶき》を最奥目掛けて放たれる。それは締め付けられるままに断続的に吐き出され、その度に喉の奥でレベッカが嬌声を上げた。

濃密な空気が部屋を満たす。離れるのが惜しいと言わんばかりに、二人はそのままの姿勢でしばらく互いの体温を感じていた。

「も、もう！　誰かに見られていたらどうするんですか⁉」

「大丈夫だよ」

エリオットの膝に横向きに座りながら、レベッカは文句を言う。月明かりしかない部屋は薄暗い。

壁に背を預けたエリオットは、レベッカの文句などどこ吹く風で笑った。

「ここは王都でも一番高い場所だからね。覗きこまれる心配はないし、下から見上げても見えやしないよ」

「けれど！」

こちらから見える範囲は、向こうからも視認できるということだ。高さがあっても窓から突き出た胸が誰かに気付かれてしまったかもしれない。

「距離があるのだから、何をしているかなんて分かりっこない」

それに、とエリオットが続けた。

「レベッカは、状況で感じるタイプみたいだね」

「状況で感じる？」

「つまり昼間であったり外であったり、駄目だと思うシチュエーションであればあるほど、興奮するということだよ」

「……なっ！」

爽《さわ》やかな笑顔でとんでもないことを言われる。心当たりがなくもなかったが、それを言葉にするだなんて恥ずかしすぎる。

瞬間に熱くなった頬を大きな手に包まれて、キスをされた。

「レベッカは可愛いなぁ」

にこにこと笑い続けるエリオットの膝から立ち上がろうとしたが、その前にするりと腕が回ってきてまた身動きが取れなくなった。レベッカがバタバタと足を動かしてもびくともしない。

「離してくださいっ」

「どうして？　もう少し二人きりでゆっくりしていようよ」

「帰りますーっ」

恥ずかしくてたまらないのは、エリオットの言っていることが間違っていると言い切れないからだ。結局、ドキドキして我を忘れるくらいに気持ち良くなってしまったから。

「帰さないよ……と言いたいけれど、さすがに結婚の許可をもらったその日に泊まらせるわけにはいかないか。でも、もう少しくらいはいいよね。レベッカの希望通り、僕の部屋でゆっくりじっくり隅々まで愛してあげるから」

「だ、大丈夫です！」

「では、移動しようか。ここだとさすがに寝転がると痛いかと思って遠慮したんだけれど、次はレベッカのこの白い肌に『僕のもの』という印をたくさん付けてあげようね」

大丈夫というのはそういう意味ではないのに。

戸惑っていると、エリオットにひょいと抱き上げられた。

「や……！　だめ！」

弱々しくも抵抗すると、突然エリオットが声を上げて笑い出した。

「エリオット？」

「ごめんごめん、冗談だよ。今日はもうきちんと家に送るから」

そう言って部屋を出たエリオットは、すたすたと階段を下りていく。レベッカはこんなにも身体が重いというのに、余裕そうなその顔が悔しい。

さっきまでは苦しくなるくらいレベッカを求めてくれたのに、そうやって簡単に我慢して離れることができてしまうなんて。

何だかむっとしてきたレベッカは、エリオットの首に手を回して抱きつき、耳にちゅっと音を立ててキスをした。

「残念ですわ。エリオットが余裕をなくして強引にでもわたくしを求めてくださる、その顔が大好きでしたのに」

少しくらい動揺すればいい――そんな思いでレベッカが悪女風に囁《ささや》くと、エリオットがぴたりと足を止める。

不思議に思い、身体を離して顔を見上げたレベッカは、すぐに自分の軽率な発言を後悔した。

「あの、やっぱり帰りますね」

恐る恐る口にしたレベッカを見つめて、エリオットがにこりと笑った。端整な顔立ちの彼の、見惚れるような完璧な笑み。普段であれば胸が高鳴って仕方ないはずなのに、今のレベッカの心臓は不吉な予感でドキドキしている。

自分を抱き上げるエリオットの腕の力が、ぐっと強くなる。

「帰る？　今更？　僕を煽《あお》っておいて、そんな簡単に帰れると思っているの？」

「か、帰ります！」

抜け出せないほど力強く抱き締められて、脳裏に一日中交わり続けた記憶がよみがえった。恥ずかしさと激しさが入り交じった甘い記憶に、呼吸が乱れる。身体をねじって逃げようとしたが、エリオットは引き下がらない。

「大丈夫だよ、レベッカ。僕も理解したから」

「エリオット？」

「強引なのが好きだと、今言ったよね。だから、きちんとレベッカの抵抗を封じて、僕の気持ちのままに君を求めてあげる」

「……っ！」

「ねぇレベッカ、愛しているよ。君のことが好きで好きでたまらない。溢れるほどの僕の気持ちも、全部受け取ってくれるよね」

そんなにたくさんの気持ちは一度には求めていません！

そう言いたかったけれど、言えなかった。不用意すぎた自分の発言が問題だっただけで、エリオットの想いが嫌なわけではない。

レベッカにとってエリオットの愛はとろりと甘く、溺れるほどに幸せだったから――

この作品に対する皆様のご意見・ご感想をお待ちしております。

おハガキ・お手紙は以下の宛先にお送りください。

【宛先】

〒150-6019 東京都渋谷区恵比寿 4-20-3 恵比寿ｶﾞｰﾃﾞﾝﾌﾟﾚｲｽﾀﾜｰ 19F
（株）アルファポリス　書籍感想係

メールフォームでのご意見・ご感想は右のＱＲコードから、
あるいは以下のワードで検索をかけてください。

アルファポリス　書籍の感想　検索

ご感想はこちらから

本書は、「アルファポリス」（https://www.alphapolis.co.jp/）に掲載されていたものを、
改題、改稿、加筆のうえ、書籍化したものです。

転生《てんせい》したら巨乳《きょにゅう》美人《びじん》だったので、悪女《あくじょ》になってでも好《す》きな人《ひと》を誘惑《ゆうわく》します
～名《な》ばかり婚約者《こんやくしゃ》の第一王子《だいいちおうじ》の執着溺愛《しゅうちゃくできあい》は望《のぞ》んでませんっ！～

水野恵無（みずの えむ）

2025年 2月 25日初版発行

編集－羽藤 瞳・大木 瞳
編集長－倉持真理
発行者－梶本雄介
発行所－株式会社アルファポリス
〒150-6019 東京都渋谷区恵比寿4-20-3 恵比寿ｶﾞｰﾃﾞﾝﾌﾟﾚｲｽﾀﾜｰ19F
TEL 03-6277-1601（営業） 03-6277-1602（編集）
URL https://www.alphapolis.co.jp/
発売元－株式会社星雲社（共同出版社・流通責任出版社）
〒112-0005 東京都文京区水道1-3-30
TEL 03-3868-3275
装丁イラスト－アオイ冬子
装丁デザイン－ナルティス（尾関莉子）
（レーベルフォーマットデザイン－團 夢見（imagejack））
印刷－中央精版印刷株式会社

価格はカバーに表示されてあります。

落丁乱丁の場合はアルファポリスまでご連絡ください。

送料は小社負担でお取り替えします。


ISBN978-4-434-35330-7 C0093